Claridge's

Richard Webb, Esq.
Verlag Webb & Bower Ltd.
9 Colleton Crescent
Exeter, Devon, EX2 4BY.

4. Juni 1984

Lieber Mr. Webb,

vielen Dank für Ihre freundliche Entscheidung, zum ersten Mal Watsons bemerkenswerte Papiere über Holmes' berühmtesten Fall, den Hund der Baskervilles, zu veröffentlichen. Die hier zusammengestellten Originaldokumente sind genauso wiedergegeben, wie ich sie in Watsons Dokumententruhe unter den Bombenruinen von Cox's Bank in Charing Cross, London, gefunden habe. Tagebücher, Zeitungsausschnitte, Telegramme, Briefe, Notizen, Polizeiberichte, Photos und Asservate zu allen Fällen von Holmes befanden sich in buntem Durcheinander darin und haben mich vor die beträchtliche Aufgabe gestellt, sie wieder zu ordnen.

Die Ereignisse um den Fall Baskerville begannen nur wenige Tage nach Abschluß des Falles Sholto im September 1888 – es war also eine aufregende Zeit für Watson, der auch gerade geheiratet hatte. Nach der Veröffentlichung des ersten Falles erhielt Conan Doyle von Watson die Originaldokumente zu einer Vielzahl von Holmes Fällen und veröffentlichte 24 davon in zwei Sammlungen: The Adventures of Sherlock Holmes und The Memoirs of Sherlock Holmes. Die zweite Sammlung, Ende 1893 publiziert, endete mit seinem letzten Fall – leider wortwörtlich, da Holmes dabei anscheinend in der Reichenbach-Schlucht in den Tod stürzte. Acht Jahre lang schickte Watson Conan Doyle keine weiteren Papiere. Die nächste Reminiszenz, an der die beiden zusammenarbeiteten, war Der Hund der Baskervilles, dessen erste Fassung im August 1901 herauskam. Wir wissen nicht, was Watson so lange davon abgehalten hat, Conan Doyle die Unterlagen zu diesem Fall zu schicken.

Es wird Sie amüsieren, zu erfahren, daß Conan Doyle sich solange sträubte, diesen Fall Sherlock Holmes zuzuschreiben, bis die Zeitschrift The Strand ihm für die Version der Geschichte ohne Holmes 50 Pfund pro 1000 Wörter anbot, aber 100 Pfund pro 1000 Wörter mit Holmes! Ich glaube kaum, daß Watson mehr bekommen hat als ein gutes Essen im Café Royal!

Hoffentlich können Sie das Dossier so abdrucken, wie Watson es vorhatte: mit einem versiegelten Teil am Schluß, der die Identität des Verbrechers und einen Bericht über die Holmes'schen Methoden enthält. Ich verstehe nicht, wieso Conan Doyle diese Struktur nicht übernommen hatte, da sie doch äußerst wirkungsvoll ist und dem Leser, der selbst mit dem Geheimnis fertig werden will, gute Unterhaltung bietet.

Mit verbindlichen Grüßen
Ihr

Simon Goodenough

Simon Goodenough

London
März 1910

Lieber Conan Doyle,

es tat mir sehr leid, von Ihrem Malariaanfall vernehmen zu müssen (habe damals in Indien selbst darunter gelitten). – Habe aber erfahren, daß Sie sich nun mit einem gemeinsamen Freund von uns, Fletcher Robinson, auf einem kurzen Erholungsurlaub in Norfolk befinden. Seit ich Ihnen den Bericht über Holmes tragischen Unfall in Reichenbach geschickt habe, haben wir nicht mehr korrespondiert, doch ich dachte, daß es an der Zeit sei, einen seiner früheren Fälle zu veröffentlichen; so hoffe ich, daß das beigelegte Dossier über den Hund der Baskervilles Sie wieder aufleben läßt und noch einmal dazu inspiriert, Holmes Arbeiten der Öffentlichkeit nahezubringen.

Sie werden mit Robinson darüber sprechen wollen. Ich weiß, daß er das Dartmoor recht gut kennt. Warum fahren Sie nicht selbst nach Devonshire, um die Atmosphäre zu erleben, wenn Sie Zeit und Lust dazu haben? Sie werden es noch genauso vorfinden, wie ich es in meinem Tagebuch beschrieben habe.

Ich darf nicht versäumen, Ihnen zu Ihrem packenden Bericht über Brigadier Gerards napoleonische Abenteuer zu gratulieren. Ein höchst bemerkenswerter Charakter – und äußerst unterhaltsam! Ich muß allerdings sagen, daß ich mich etwas sorge, Sie könnten sich ganz der Belletristik widmen und Ihre Tatsachenberichte über Holmes' Fälle gänzlich aufgeben. Ich weiß, daß Sie nach der Veröffentlichung des dramatischen letzten Falles geschworen haben, Holmes in Ruhe zu lassen. Ich habe sogar von der Beschuldigung einiger Leser gehört, Sie hätten Holmes selber umgebracht, – und eine Leserin soll ihren Brief mit einem vehementen "Sie Bestie!" begonnen haben. Doch in Anbetracht der erstaunlichen Popularität von Holmes finde ich es jetzt an der Zeit, eine weitere Erinnerung an sein Andenken herauszubringen.

Wie immer hat Holmes mein Tagebuch mit Randbemerkungen versehen, die Sie vielleicht verwenden möchten. Wird es Ihnen möglich sein, die Sache bis zum Herbst herauszubringen. In Amerika schreit man nach Neuigkeiten über Holmes.

Ihr begeisterter Mitarbeiter

John H. Watson

Dienstag, 25. September

Das Leben geht so schnell vorbei! Erst vor vier Tagen haben Holmes und ich unser letztes Abenteuer beendet und dabei einen Schatz verloren; ich aber habe einen Schatz ganz anderer Art gewonnen.

Natürlich bleibe ich bis zu dem großen Ereignis in Baker Street, obwohl ich furchtbar aufgeregt bin und voller Ängste stecke. Gestern abend überredete ich Holmes, die Kokainflasche stehen zu lassen, zu der er gegen die Nachwehen eines jeden Einbruchs von Tatkraft seine Zuflucht nimmt, und mich, solange ich noch frei bin, zur Oxford Music Hall zu begleiten – er, um am Publikum die menschliche Natur zu studieren, ich, um vielleicht zum letzten Mal die derben Couplets zu genießen, die dem Junggesellen besser anstehen als der Würde meiner künftigen Verantwortung.

Danach schlenderten wir zu einer meiner Lieblingskneipen und kamen später als geplant nach Hause, wo Mrs. Hudson mürrisch mitteilte, daß sie einen Besucher, nachdem er eine Stunde gewartet hatte, vor die Tür gesetzt hatte.

Er hatte zwar seinen Spazierstock aber keine Nachricht zurückgelassen. Zu müde, um mir über die grimmige Miene unserer Wirtin Gedanken zu machen, ging ich zu Bett. Nun, da ich mich anschicke, das alte Heim zu verlassen, kommt es mir ungeheuer gemütlich vor. Man denke: Acht Jahre werden es im nächsten Januar, daß Holmes und ich in Baker Street wohnen.

Heute morgen lange vor Holmes gefrühstückt. Er steht normalerweise spät auf – bis auf die nicht seltenen Male, da er die ganze Nacht aufbleibt. Mrs. Hudson hatte Nierchen gemacht, um sich für ihre schlechte Laune gestern abend zu entschuldigen, und während Holmes seinen Teller leerte, vergnügte ich mich damit, den Stock zu untersuchen, den der Besucher hinterlassen hatte, in der Hoffnung, seinen Beruf erraten zu können. Holmes hat mir mit einem seiner Tricks den Spaß verdorben. Er saß mit dem Rücken zu mir und ich dachte, ich könne meine Untersuchung insgeheim anstellen, aber er beobachtete mein Spiegelbild in der polierten Kaffeekanne aus Silber vor ihm auf dem Tisch und bat mich dann um meine Beschreibung des Besitzers, die er natürlich mit seiner bestürzend perfekten Logik entkräftete.

Dr. James Mortimer
Grimpen
Juni 1888

MORTIMER, James, Grimpen, Dartmoor, Devon. M.R.C.S. 1882. 1882–1884 Assistenzchirurg am Charing Cross Hospital. Gewinner des Jackson-Preises für Vergleichende Pathologie mit der Abhandlung: »Ist Krankheit ein Atavismus?« Korrespondierendes Mitglied der Schwedischen Pathologischen Gesellschaft. Autor von »Einige denkwürdige Fälle von Atavismus« (*Lancet* 1882), »Machen wir Fortschritte?« (*Journal of Psychology* März 1883). Amtsarzt der Gemeinden Grimpen, Thorsley und High Barrow.

Ausriß aus dem Ärzteverzeichnis britischer Grafschaften

Dienstag, 25. September

Als Holmes mich an diesem Morgen aufforderte, den Besucher vom vorigen Abend nach der Untersuchung seines Spazierstockes zu beschreiben, kam ich zu einigen ziemlich scharfsinnigen Schlußfolgerungen - genau nach Holmes' Methoden. Der Stock war so einer, wie altmodische Hausärzte ihn zu tragen pflegen - würdig, solide und vertrauenerweckend. Ein graviertes Band saß darauf: "Für James Mortimer, M.R.C.S., von seinen Freunden im C.C.H., 1884."

Der dickknaufige Stock, ein sogenannter "Penang-Lawyer", ist im allgemeinen vor allem bei Landärzten beliebt.

Es war klar, daß der Mann Arzt war. "M.R.C.S." konnte nur "Member of the Royal College of Surgeons" - Mitglied des königlichen Chirurgenkollegiums - bedeuten. Er mußte erfolgreich und ein älterer Mann sein, da seine Freunde ihm dieses Geschenk offenbar als Dank für ärztliche Hilfe im örtlichen 'Hunt' oder Jagdclub - dem "C.C.H." - überreicht hatten. Ich vermutete, daß er auf dem Lande lebte, weil der Stock recht mitgenommen und die Eisenspitze vom vielen Laufen abgenutzt war.

Holmes war so nett, dieses eine Mal meinen Scharfsinn anzuerkennen, und lobte sogar meine jüngsten Versuche, seine Methoden durch die verschiedenen Berichte von seinen Leistungen der Öffentlichkeit nahezubringen. Er ging sogar so weit, zu behaupten, ich würde meine Fähigkeiten immer unterschätzen. Seine Gleichgültigkeit gegenüber meiner Bewunderung hatte mich in letzter Zeit sehr geärgert, aber jetzt war ich recht stolz, daß ich sein System endlich gemeistert hatte. Ich war zuversichtlich, daß mir an dem Stock nichts von Bedeutung entgangen war, nicht einmal, als Holmes ihn selbst untersuchte.

Ich hätte mittlerweile wissen müssen, was nun zu erwarten war. Holmes behauptete, die meisten meiner Folgerungen seien falsch. Er stimmte mir zwar zu, daß der Mann auf dem Land lebe, wies aber darauf hin, daß das "C.C.H.", wenn er Arzt sei, wohl eher für "Charing Cross Hospital" stehe als für einen örtlichen Jagdclub, und wahrscheinlich sei das Geschenk gemacht worden, als der Doktor das Hospital verließ, um eine Praxis zu eröffnen. Daher handele es sich wahrscheinlich nur um einen ehemaligen Assistenzarzt, der - dem Datum auf dem Stock

zufolge - das Krankenhaus vor fünf Jahren verlassen habe und keineswegs mittleren Alters sei, sondern unter dreißig und der Besitzer eines Lieblingshundes sei, welcher größer als ein Terrier, aber kleiner als eine Bulldogge sein müsse.

Holmes' Selbstgefälligkeit war so irritierend, daß ich sofort nach dem Ärzteverzeichnis griff, um ihn zu widerlegen. Stattdessen mußte ich ihm recht geben, zumindest, was das Krankenhaus betraf. Dann bekräftigte er seinen Sieg, indem er den Mann als "liebenswert" beschrieb, weil er von seinen Freunden ein Abschiedsgeschenk erhalten hatte, "ohne Ehrgeiz", weil er die Karriere in London des Landlebens wegen aufgegeben hatte, und "zerstreut", weil er seinen Stock, nicht aber seine Visitenkarte hinterlassen hatte. Als ich wissen wollte, was es mit dem Hund auf sich habe - ich dachte, wenigstens damit könnte ich ihn fangen -, wies Holmes auf den Abstand der Gebißabdrücke am Stock hin und behauptete kategorisch, es müsse sich um einen wolligen Spaniel handeln.

Mir war klar: Das hatte er unmöglich folgern können, und ich hatte recht. Er hatte den Hund vor dem Fenster gesehen, gerade als der Herr an unserer Tür läutete. Ich wollte gehen, aber Holmes bestand darauf, daß ich blieb, für den Fall, daß er meine Hilfe brauche.

Das Aussehen unseres Besuchers überraschte mich: Er war groß und dünn, hatte eine lange Nase, zwei scharfe, graue Augen, die hell hinter der Brille hervorfunkelten, und war in einen schmuddeligen Rock mit ausgefransten Hosen gekleidet. Trotz seiner Jugend war sein langer Rücken bereits gebeugt; er ging mit vorgeschobenem Kopf und strahlte ein gewisses neugieriges Wohlwollen aus.

Er war erfreut, seinen Stock wiederzufinden, bestätigte, daß er ein Geschenk des Charing Cross Hospital sei, ärgerte Holmes aber mit der Erklärung, daß er ihn anläßlich seiner Hochzeit geschenkt bekommen habe, die sein Grund gewesen sei, London zu verlassen; er sei nicht einmal ein richtiger Doktor, sondern einfach Mr. Mortimer. Nichtsdestotrotz nannte er sich einen "Amateurwissenschaftler" und wurde sofort sehr aufgeregt über die Form von Holmes' Schädel, den er zu

goldgefaßten

Immer ein dramatischer Schicksalsmoment, da man Schritte auf der Treppe hört, die ins eigene Leben treten, und man nicht weiß, ob zum Guten oder zum Bösen.

Ich glaube, er sagte: "Ein Muschelsammler am Strand des großen Ozeans von Unwissen."

Das fand ich im Hinblick auf die kommenden Ereignisse bemerkenswert.

begehren zugab. Er erklärte, er hätte kaum vermutet, so ein dolichocephalisches Exemplar mit einer dermaßen ausgeprägten supraorbitalen Entwicklung zu finden. Er ließ seine Finger über Holmes' Parietalfissur fahren und bemerkte, ein Abguß von Holmes' Schädel wäre eine Zierde eines jeden anthropologischen Museums, bis das Original zur Verfügung stehe.

Holmes war offensichtlich an unserem seltsamen Besucher interessiert und konterte, indem er am Zeigefinger des Herrn feststellte, daß dieser seine Zigaretten selbst drehte, und er möge sich doch eine anstecken, wenn er wolle, was der Herr auch mit langen, behenden Fingern tat, die so agil und rastlos waren wie die Fühler eines Insekts. Als Holmes ihn nach dem Zweck seines Besuches fragte, erwiderte der Herr, er habe ein sehr ernstes und ungewöhnliches Problem, worauf sich der folgende amüsante Dialog entspann:

Mortimer: "Da mir klar war, daß Sie der zweitbeste Experte in Europa sind - "

Holmes: "Ach! Darf ich fragen, wer die Ehre hat, der beste zu sein?"

Mortimer: "Einen Mann von pedantischem Wissenschaftsgeist wird die Arbeit von Monsieur Bertillon stets sehr beeindrucken."

Offenbar war er mit den allerneuesten Pariser Abhandlungen über die Systeme der Verbrechensaufklärung vertraut.

Holmes: "Sollten Sie dann nicht besser ihn konsultieren?"

Mortimer: "Ich sagte: 'den pedantischen Wissenschaftler', Mr. Holmes. Aber es sei zugegeben, daß Sie als Mann der Praxis unerreicht dastehen. Ich hoffe, mein Herr, daß ich Sie nicht ungewollt - "

Holmes: "Nur ein bißchen. Ich glaube, Dr. Mortimer, das Vernünftigste ist, wenn Sie mir ohne weitere Umschweife einfach berichten, bei welchem Problem Sie meine Hilfe benötigen."

Mortimer sagte, er habe ein Manuskript mitgebracht. Holmes unterbrach ihn sofort und erklärte, er habe es schon ein oder zwei Zoll aus der Brusttasche herausragen sehen und würde schätzen, daß es von 1730 stamme. Mortimer sagte, das genaue Datum sei 1742. Es sei ein Familiendokument, das Sir Charles Baskerville seiner Obhut anvertraut habe - sein tragischer Tod vor etwa drei Monaten hatte in Devonshire für

„Das wäre ein trauriger Experte, der das Alter eines Dokumentes nicht auf zehn Jahre genau angeben könnte. Vielleicht haben Sie meine kleine Monographie zu diesem Thema gelesen…

einige Aufregung gesorgt. Als persönlicher Freund und ärztlicher Beistand von Sir Charles kannte Mortimer ihn als willensstarken Mann, scharfsinnig, praktisch, und ebenso phantasielos wie der Doktor selbst. Und doch hatte er das Dokument sehr ernst genommen und war auf genau solch ein Ende vorbereitet, wie es ihn schließlich auch ereilte.

Holmes nahm das Manuskript, zeigte es mir und gab es dem Doktor mit einem Seufzer der Resignation zurück, als dieser sagte, er wolle es uns vorlesen, da das Dokument in engem Zusammenhang mit einer dringenden Angelegenheit stehe, die binnen der nächsten vierundzwanzig Stunden entschieden werden müsse.

Mit hoher, brüchiger Stimme las er die Legende vor und war offenbar enttäuscht, als Holmes bemerkte, sie sei wohl nur für einen Märchensammler von Interesse. Erst als Mortimer ein Exemplar des "Devon County Chronicle" vom 14. Mai diesen Jahres hervorzog, der einen kurzen Bericht über die Todesumstände des Sir Charles Baskerville enthielt, machte Holmes ein gespannteres Gesicht. Daraus erfuhren wir die allgemein bekannten Tatsachen -obwohl Sir Charles unter denkwürdigen Umständen gestorben war, hatte der Coroner auf Tod durch Herzversagen erkannt. Danach teilte uns Mortimer die noch unbekannten Fakten mit, wobei er Zeichen starker Erregung zeigte und erklärte, er habe sie noch niemand anderem anvertraut, nicht einmal bei der gerichtlichen Leichenschau - er habe gefürchtet, abergläubisch zu erscheinen oder Baskerville Hall unbewohnt bleiben zu lassen, indem er den bereits unheimlichen Ruf des Hauses noch verstärke.

Ich hatte zwar ein paar Zeitungsberichte über den Tod gelesen, war aber ausgiebig mit jener kleinen Affäre der vatikanischen Kameen beschäftigt, und im Bemühen, dem Pabst gefällig zu sein, hatte ich anscheinend einige interessante Fälle in England aus den Augen verloren.

Baskerville Hall 1742

Vom Ursprung des Hundes der Baskervilles gibt es viele Schilderungen; Da ich aber in direkter Linie von Hugo Baskerville abstamme und die Geschichte von meinem Vater habe, der sie wiederum von seinem hat, habe ich sie im festen Glauben niedergeschrieben, dass alles genauso geschah wie hier dargelegt. Und ich möchte, dass Ihr, meine Söhne, daran glaubt, dass dieselbe Gerechtigkeit, die die Sünde bestraft, ebenso gütig vergeben kann, und dass kein Fluch so schwer ist, dass nicht Gebet und Reue ihn aufheben könnten. Lernet also aus dieser Erzählung, nicht die Früchte der Vergangenheit zu fürchten, sondern in Zukunft umsichtig zu handeln, damit jene verderbten Leidenschaften, durch die unsere Familie so bitteres Leid erfuhr nicht noch einmal zu unserem Unheil entfesselt werden.

Wisset also, dass in den Zeiten der Grossen Rebellion (deren Geschichte, aufgezeichnet vom gelehrten Lord Clarendon, ich Eurer Aufmerksamkeit nachdrücklich anempfehle) dieses Gut derer von Baskerville einem Herrn Hugo desselben Namens gehörte, von dem man nicht verschweigen kann, dass er ein überaus wilder, verruchter und gottloser Mann war. Das hätten seine Nachbarn wahrlich noch verziehen, des eingedenk, dass Heilige in dieser Gegend nie haben gedeihen wollen. Aber er hatte gewisse mutwillige und grausame Launen, die seinen Namen im ganzen Westen zu einem Schimpfwort machten. Es begab sich aber, dass dieser Hugo die Tochter eines Freisassen, der Land bei den Liegenschaften der Baskervilles besass, liebte (wenn solch düstere Leidenschaft wirklich mit solch lichtem Worte bezeichnet werden darf). Die junge Maid aber, züchtig und von gutem Rufe, mied ihn stets, da da sie seinen üblen Namen fürchtete. So geschah es denn, dass dieser Hugo an einem St. Michaelstag mit fünf oder sechs seiner faulen und verderbten Kumpane sich an den Bauernhof heranschlich, – wohl wissend dass ihr Vater und alle ihre Brüder ausser Haus waren –, die Maid entführte. Als er sie nach Baskerville Hall verschleppt hatte, wurde die Maid in ein hochgelegenes Gemach geführt, während Hugo und seine Freunde sich zu einem ausgedehnten Gelage niederliessen, wie sie es allabendlich zu tun pflegten. Nun wird das arme Mädchen oben wohl über dem Singen und Brüllen und den schrecklichen Flüchen, die von unten zu ihr hinaufdrangen, den Verstand verloren haben, denn man sagt, dass die Worte, die Hugo Baskerville benützte, wenn er des Weines voll war, derart waren, dass sie jenen, der sie aussprach, zerschmettern mussten. Schliesslich tat sie in ihrer Angst und Pein das, wovor der tapferste und behendeste Mann zurückgeschreckt wäre, denn mit Hilfe der Efeuranken klomm sie unter der Traufe hinab und eilte über das Moor heim, und es waren neun Meilen bis zu ihres Vaters Hof.

Zufällig verliess Hugo eine kleine Weile darauf seine Gäste, um seiner Gefangenen Speise und Trank – wohl nebst anderen, übleren Dingen – zu bringen und fand den Käfig leer und den Vogel ausgeflogen. Da wollte es scheinen, als sei ein Teufel in ihn gefahren, denn er stürzte die Treppen hinab in den grossen Saal, sprang auf den langen Tisch, wobei Krüge und Teller zu Boden fielen, und schrie laut vor der ganzen Gesellschaft, dass er noch in derselben Nacht Leib und Seele dem Bösen verschriebe, wenn er das junge Weib nur einholen könne. Und während die Zecher angesichts der Wut des Mannes wie gebannt standen, rief einer, wohl verruchter oder nur betrunkener als der Rest, sie sollten doch die Hunde auf sie hetzen. Worauf Herr Hugo aus dem Haus rannte, seinen Stallknechten zuschrie, sie sollten seine Stute satteln und die Meute aus dem Zwinger holen. Allen Verstandes bar, setzte er die Hunde auf die Spur und stürmte in vollem Galopp im Mondlicht über das Moor davon.

Eine Weile standen die Kumpane offenen Mundes da, unfähig zu begreifen, was in solcher Hast geschehen war. Aber schliesslich ging ihren benebelten Sinnen die Tat auf, die sich nun wohl auf dem Moor vollziehen werde. Alles war jetzt in Aufruhr, die einen riefen nach ihren Pistolen, die anderen nach ihren Pferden, und die dritten nach mehr Wein. Endlich aber kehrte ein wenig Vernunft in ihre schandbaren Köpfe ein, und die ganze Schar, dreizehn an der Zahl, schwang sich auf die Pferde und nahm die Verfolgung auf. Der Mond stand hell über ihnen und sie ritten geschwind Seite an Seite den Weg entlang, den die Maid eingeschlagen haben musste, wollte sie ihr Heim erreichen.

Sie waren eine oder zwei Meilen weit gekommen, als sie einem Nachthirten begegneten und ihn anriefen, ob er die Jagd gesehen habe. Und der Mann ~ so geht die Sage ~

war vor Furcht so von Sinnen, dass er kaum zu sprechen vermochte, aber endlich hersagte, dass er die unglückliche Maid wirklich gesehen habe und die Hunde auf ihrer Spur. "Aber ich habe mehr gesehen als das," rief er, "denn Hugo von Baskerville stürmte an mir vorbei, und hinter ihm lief lautlos solch ein Höllenhund, dass Gott mich bewahren möge, dass er je auf meinen Fersen sei." Da fluchten die berauschten Herren dem Hirten und ritten weiter. Bald aber erschauerten sie, denn über das Moor näherte sich ein Galopp, und die schwarze Stute, benetzt von weissem Schaum, jagte mit schleifendem Zügel und leerem Sattel an ihnen vorüber. Da ritten die Kumpane dicht gedrängt weiter, denn eine grosse Angst hatte sie befallen, doch immer noch folgten sie dem Weg über das Moor, wenn auch jeder von ihnen, wäre er alleine gewesen, sehr gerne sein Pferd gewendet hätte. In langsamem Ritt trafen sie so schliesslich auf die Hunde. Diese, obwohl bekannt für ihren Mut und für ihre Rasse, drängten sich winselnd am Rande einer tiefen Senke, eines Goyal, wie wir es nennen, auf dem Moor. Einige schlichen sich davon, andere blickten mit gesträubtem Fell starr in das enge Tal vor ihnen hinab.

Die Gesellschaft hatte angehalten, weit nüchterner Männer, wie Ihr Euch denken könnt, als sie beim Aufbruch waren. Die meisten wollten unter keinen Umständen weiter, aber drei von ihnen, vielleicht die betrunkensten, ritten in den Goyal hinab. Nun öffnete er sich in eine weite Fläche, auf der zwei jener grossen Felsen standen, die heute noch zu sehen sind, von etwelchen vergessenen Menschen in alter Zeit dort aufgestellt. Der Mond schien hell auf die Lichtung, in deren Mitte die unglückliche Maid lag, wo sie aus Furcht und Erschöpfung tot zusammengebrochen war. Es war aber nicht der Anblick ihrer Leiche, noch der des Leichnams von Hugo Baskerville daneben, was jenen drei wahnwitzigen Raufbolden das Haar zu Berge stehen ließ, sondern, daß über Hugo, an seiner Kehle reissend, ein grässliches Ding stand, eine grosse, schwarze Bestie, von Gestalt wie ein Hund, aber grösser als jeder Hund, der je einem Sterblichen zu Angesicht gekommen ist. Und als sie noch schauten, riss das Ding Hugo Baskerville die Gurgel heraus, worauf sie,

als es jene flammenden Augen und triefenden Lefzen ihnen zuwandte, vor Schrecken aufschrien, und schreiend um das liebe Leben über das Moor davongaloppierten. Einer, sagt man, ist in nämlicher Nacht gestorben und der anderen zween waren für den Rest ihrer Tage gebrochene Männer.
So geht die Sage, meine Söhne, von der Erscheinung des Hundes, der die Familie seither so schrecklich heimsucht. Wenn ich sie niedergeschrieben habe, dann zu dem Zwecke, dass das, was man klar weiss, weniger Schrecken birgt als das, worüber man munkelt und rätselt. Noch auch kann man leugnen, dass viele der Familie einen unseligen Tod starben – jäh, blutig, mysteriös. Doch mögen wir unsere Zuflucht nehmen zu der unendlichen Güte der Vorsehung, die die Unschuldigen nicht über das dritte und vierte Glied hinaus züchtigt, wie in der Heiligen Schrift gedroht. Dieser Vorsehung, meine Söhne, anempfehle ich euch hiermit und rate euch aus Vorsicht, in jenen dunklen Stunden, da die Mächte des Bösen losgelassen, vom Überqueren des Moores abzusehen.

'(Dies von Hugo Baskerville an seine Söhne Rodger und John, mit der Mahnung, nichts davon ihrer Schwester Elizabeth zu erzählen.)'

MANUSKRIPT-DEUTUNG
Eine Monographie über die Datierung von Manuskripten
Von Sherlock Holmes

Das historische Manuskript (»Ms.«, Pl. »Mss.«) ist ein ergiebiges Studiengebiet für jeden, der sich damit befaßt, die Wahrheit durch geschickte Interpretation des Beweismaterials zu ergründen. Meine erste Pflicht bei diesem kurzen Überblick über die Elemente, die dieses Material ausmachen, ist, meinem Kollegen Robert Lemon, mit dem ich ausgiebig über das Thema korrespondiert und mit dem gemeinsam ich viele meiner Theorien ausgearbeitet habe, meinen Dank auszusprechen. Tatsächlich ist meine große Hoffnung, daß er eines Tages selbst zur Feder greifen und dem Amateursammler historischer Dokumente einen Leitfaden an die Hand geben wird.

Jedes Element eines Manuskriptes erzählt seine eigene Geschichte: die Tinte, das Papier, die Wasserzeichen, die Couverts und Siegel; die Schrift selbst ist ein so umfangreiches Geschichtenkompendium, daß ich eine eigene Abhandlung über dieses Thema vorbereitet habe. Fuller machte 1662 eine amüsante Bemerkung über das Material alter Manuskripte: Er meinte, das Papier würde den Charakter der Landsleute annehmen, von denen es hergestellt würde. Daher, sagte er, ist venetisches Papier hübsch, fein und höfisch; das französische leicht, schlank und grazil; das holländische dick, korpulent und grob, um nicht zu sagen: zuweilen dem Trunk ergeben, wenn es, schwammig wie es ist, die Tinte aufsaugt.

Wir wollen uns dem Manuskript von außen nähern, denn in diesem Fall darf man die Äußerlichkeiten nicht übergehen; schon das Couvert kann viel über die Authentizität seines Inhalts sagen. Vor Beginn dieses Jahrhunderts fanden Couverts kaum Verwendung. Davor waren das Falten und Sichern eines Briefes gewichtige Angelegenheiten, die eingehender Untersuchung bedürfen. Im 16. und frühen 17. Jahrhundert pflegte man an den verschiedenen Höfen und beim Adel die Bögen mehrmals längs zu einer Art Band zu falten, das dann in die andere Richtung eingeschlagen wurde. Um dieses etwa rechteckige Paket knüpfte man in beide Richtungen ein starkes Band aus Florettseide, so daß es sich oben und unten im Mittelpunkt kreuzte. Das Seidenband wurde auf beiden Seiten mit einem großen, festen Siegel gesichert. Jedes zu untersuchende Manuskript ist sorgfältig zu analysieren, um sicherzugehen, daß die Falze und Knüpfspuren zu der Zeit passen, aus der sie angeblich stammen.

Das vielleicht eindrucksvollste Merkmal des ausgebreiteten Manuskripts ist das Siegel, das beim Studium alter, unterzeichneter Dokumente eine wichtige Rolle spielt. Die Substanz, die man im 11. und 12. Jahrhundert für Siegel verwendete, war gewöhnliches, gelbes Wachs, dessen mittlerweile weißliche Tönung seinem Alter zuzuschreiben ist; ist das Siegel dagegen rot, so wurde es nachträglich eingefärbt. Gegen Ende des 12. Jahrhunderts kam grünes Wachs in Gebrauch, und die bei weitem perfektesten frühen Siegel sind grün. Blaues Wachs wurde erst sehr viel später verwendet. Nach dem 13. Jahrhundert benutzte man verstärkt rotes Wachs. Die Mixtur, die man »Siegelwachs« oder »Spanisches Wachs« nennt, wurde laut Beckmann um 1643 in Frankreich erfunden, war aber in Deutschland schon viel früher bekannt. Sie bot weit mehr Schutz gegen Fälschungen als das normale Wachs. Das Fälschen von Siegeln ist ein übliches Verfahren, ebenso das von Wasserzeichen.

Viele der frühen Bögen tragen keine Wasserzeichen; andere frühe Papiere weisen eine fast unüberschaubare Vielfalt auf: Jungfrau und Kind aus den Spanischen Niederlanden, die Leiter im Kreis unter einem Stern, die man auf italienischem Papier findet, die grotesken Tiere der frühen Bibeln von 1540 bis 1549, der achtzackige Stern im Doppelkreis von John Tate, vermutlich einem der ersten Papierschöpfer dieses Landes, das alte Zeichen der geöffneten Hand, das sogenannte »Topfpapier« mit seiner Vielzahl von Trinkgefäßen, Einhörner und andere unbekannte Vierbeiner, die Traube, Schlangen und vieles mehr. Das »Foolscap«-Schreibpapier trug ursprünglich eine Krone als Wasserzeichen, die Cromwell gegen eine Narrenkappe vertauschte und Charles II. durch ein Versehen für die Kanzleibögen übernahm, die immer noch diesen Namen tragen, obwohl das Zeichen mittlerweile zu einer Figur der Britannia in einem Oval geändert wurde.

Die Tinte fast jedes Schreibers wird bei genauerer Betrachtung einen ausgeprägten, ihr eigentümlichen Farbton zeigen. Das zu beachten, ist von höchster Wichtigkeit. Man lasse jemanden in drei verschiedenen Häusern einen Satz mit Tinte schreiben, und man wird bei jeder Fassung Abwandlungen feststellen. So variieren auch alte Schriften, wenn sie an verschiedenen Orten geschrieben wurden, wenn nicht, wie es oft der Fall war, das Schreibzeug mitgeführt wurde. Wo aber jemand einen Großteil seiner Korrepondenz zuhause erledigte, bleibt die Farbe der Tinte ausgesprochen einheitlich – ein Test, auf den man sich bei der Echtheitsbeurteilung eines Autographs oft stützt.

KEINE MACHENSCHAFTEN BEI TOD AUF DEM DARTMOOR

Der plötzliche Tod von Sir Charles Baskerville vor wenigen Tagen, der als Kandidat der Liberalen für Mid-Devon bei der nächsten Wahl im Gespräch war, hat einen Schatten über das Land geworfen. Obwohl Sir Charles erst vergleichsweise kurz in Baskerville Hall residierte, hatten ihm sein liebenswürdiger Charakter und seine extreme Großzügigkeit die Zuneigung und den Respekt aller eingetragen, die je seine Bekanntschaft machten. In diesen Zeiten der *nouveaux riches* tut es wohl, auf jemanden zu stoßen, der – obwohl Nachkomme einer alten Landadels-Familie, die böse Zeiten erlebt hat – in der Lage ist, selbst ein Vermögen zu erwerben und es heimzubringen, um den einstigen Ruhm seines Geschlechts wieder zum Leben zu erwecken. Bekanntlich hatte Sir Charles durch südafrikanische Spekulationen ein beträchtliches Kapitel gewonnen. Klüger als diejenigen, die weiterspielen, bis das Glück sich wendet, realisierte er seine Gewinne und kehrte mit ihnen nach England zurück. Erst zwei Jahre ist es her, daß er sich in Baskerville Hall niederließ, doch überall spricht man von der Größe seiner Umbau- und Verbesserungspläne, die durch seinen Tod unterbrochen wurden. Es war der ausdrückliche Wunsch des Kinderlosen, daß die ganze Gegend noch zu seinen Lebzeiten von seinem Glück profitieren sollte, und viele werden persönliche Gründe haben, sein vorzeitiges Ende zu beklagen. Von seinen großzügigen Spenden an Wohltätigkeits-Institutionen von Gemeinden und Grafschaft ist in diesen Spalten oft berichtet worden.

Man kann nicht behaupten, daß die Umstände im Zusammenhang mit dem Tod von Sir Charles durch die gerichtliche Leichenschau vollständig aufgeklärt wurden, aber zumindest kam genug zutage, um jene Gerüchte, die auf einem örtlichen Aberglauben fußen, zu widerlegen. Es gibt keinerlei Grund zur Annahme, daß hier eine Untat begangen wurde, noch zu der Vorstellung, daß der Tod durch andere als natürliche Ursachen verursacht worden sei. Sir Charles war Witwer und ein Mann, den man in mancher Hinsicht als exzentrisch bezeichnen darf. Trotz seines beträchtlichen Vermögens besaß er einen einfachen persönlichen Geschmack, und das Hauspersonal in Baskerville Hall bestand aus einem Ehepaar Barrymore, wobei der Mann als Butler fungierte und die Frau als Haushälterin. Ihre Aussage, die durch die mehrerer Freunde bekräftigt wird, scheint zu zeigen, daß Sir Charles' Gesundheit seit einiger Zeit angegriffen war und weist insbesondere auf eine Herzschwäche hin, die sich durch Blässe, Atemnot und akute Anfälle nervöser Depressionen manifestierte. Dr. James Mortimer, der Freund und medizinische Beistand des Verstorbenen, hat im gleichen Sinne ausgesagt.

Die Fakten des Falles sind einfach. Sir Charles Baskerville pflegte jeden Abend, bevor er zu Bett ging, die berühmte Eibenallee von Baskerville Hall hinabzuspazieren. Nach Aussage der Barrymores war dies eine feste Gewohnheit. Am 4. Juni hatte Sir Charles seine Absicht geäußert, am nächsten Tag nach London zu reisen, und Barrymore befohlen, sein Gepäck vorzubereiten. An diesem Abend ging er wie gewöhnlich zu seinem Nachtspaziergang hinaus, bei dem er normalerweise eine Zigarre rauchte. Er kehrte nie zurück. Um Mitternacht wurde Barrymore, der die Hallentür noch offen fand, unruhig, steckte seine Laterne an und machte sich auf die Suche nach seinem Herrn. Der Tag war regnerisch gewesen, und Sir Charles' Fußspuren waren mühelos die Allee hinab zu verfolgen. Auf halbem Wege befindet sich eine Pforte, die auf das Moor hinausführt. Es gibt Hinweise darauf, daß Sir Charles hier eine kleine Weile gestanden hat. Dann ist er weiter die Allee entlanggegangen, an deren äußerstem Ende seine Leiche entdeckt wurde. Eine Tatsache, die nicht aufgeklärt wurde, ist Barrymores Behauptung, daß die Fußspuren seines Herrn sich nach dem Tor zum Moor verändert hätten: von hier ab scheint er auf Zehenspitzen gegangen zu sein. Ein gewisser Murphy, ein Zigeuner und Pferdehändler, war zu dieser Zeit unweit davon auf dem Moor, scheint aber seinem eigenen Eingeständnis zufolge betrunken gewesen zu sein. Er erklärt, er habe Schreie gehört, ist aber nicht in der Lage, die Richtung anzugeben, aus der sie kamen. An Sir Charles' Leichnam ließen sich keine Spuren von Gewalteinwirkung entdecken, und obwohl nach Aussage des Arztes die Gesichtszüge fast unglaublich verzerrt waren – so sehr, daß Dr. Mortimer sich zunächst zu glauben weigerte, es sei tatsächlich sein Freund und Patient, der vor ihm lag –, wurde erläutert, daß dies ein bei Atemnot und Tod durch Herzversagen nicht unübliches Symptom ist. Diese Erklärung wurde durch die Obduktion erbracht, die eine langjährige Organerkrankung feststellte, und die Jury des Coroners schloß sich in ihrem Verdikt den medizinischen Gutachten an.

Das ist auch gut so, denn es scheint uns von äußerster Wichtigkeit, daß Sir Charles' Erbe sich in der Hall niederläßt und das gute Werk fortsetzt, das auf so traurige Weise unterbrochen wurde. Hätte das prosaische Untersuchungsergebnis des Coroners nicht den romantischen Geschichten, die im Zusammenhang mit der Affäre in Umlauf sind, ein Ende gesetzt, wäre es vielleicht schwierig geworden, einen Bewohner für Baskerville Hall zu finden. Unseres Wissens der nächste Angehörige – wenn er noch lebt – ist Mr. Henry Baskerville, der Sohn von Sir Charles Baskervilles jüngerem Bruder. Als man zuletzt von dem jungen Mann hörte, befand er sich in Amerika; es wurden Nachforschungen mit dem Ziel aufgenommen, ihn von seinem Vermögen in Kenntnis zu setzen.

Aus: The Devon County Chronicle, Montag, 14. Mai 1888

Vertraulicher Bericht vom Tode von Sir Charles Baskerville

von James Mortimer, M.R.C.S.

Das Moor ist sehr dünn besiedelt, und Nachbarn sind sehr aufeinander angewiesen. Aus diesem Grund habe ich Sir Charles Baskerville recht häufig gesehen. Mit Ausnahme von Mr. Frankland auf Lafter Hall und dem Naturforscher Mr. Stapleton gibt es auf viele Meilen keine gebildeten Leute. Sir Charles lebte sehr zurückgezogen, aber seine Krankheit stellte unsere Bekanntschaft her, und gemeinsame Interessen an den Wissenschaften hielt sie aufrecht. Er hatte viele wissenschaftliche Kenntnisse aus Südafrika mitgebracht, und wir verbrachten manch anregenden Abend mit vergleichenden Erörterungen der Anatomie des Buschmannes und der des Hottentotten.

In den letzten Monaten wurde mir immer klarer, daß Sir Charles Nervensystem bis zum Äußersten gespannt war. Er hatte sich diese Legende von dem Hund sehr zu Herzen genommen – so sehr, daß ihn (obwohl er auf dem eigenen Gelände spazierenging) nichts dazu bewegen konnte, sich nachts aufs Moor hinauszuwagen. So unglaublich es scheinen mag, war er doch ehrlich überzeugt, daß ein grausiges Schicksal seine Familie überschattete, und das, was er von seinen Vorfahren berichten konnte, war sicherlich wenig ermutigend. Ständig verfolgte ihn die Idee irgendeiner Spukgestalt, und mehr als einmal fragte er mich, ob ich auf meinen nächtlichen Krankenbesuchen je irgendeine seltsame Kreatur gesehen oder den Hund habe bellen hören. Letztere Frage stellte er mir mehrmals, und immer in einer Stimme, die vor Erregung bebte.

Ich entsinne mich noch gut, wie ich etwa drei Wochen vor dem Schicksalsschlag abends vor seinem Haus vorfuhr. Er stand zufällig in der Tür der Halle. Ich war von meinem Einspänner abgestiegen und stand vor ihm, als ich sah, wie seine Augen sich auf etwas hinter meinem Rücken richteten und mit dem Ausdruck äußersten Entsetzens an mir vorbei starrten. Ich wirbelte herum und erhaschte gerade noch den Anblick dessen, was ich für ein großes, schwarzes Kalb hielt, das am Ende der Zufahrt vorübertrottete. Sir Charles war so erregt und verängstigt, daß ich mich genötigt sah, zu der Stelle zu gehen, wo das Tier gestanden hatte, und mich danach umzusehen, aber es war verschwunden. Der Vorfall scheint seinem Geist höchst übel mitgespielt zu haben. Ich blieb den ganzen Abend bei ihm, und um seine Aufregung zu erklären, vertraute er mir die Erzählung von Sir Hugo Baskerville an. Ich erwähne diese kleine Episode, weil sie in Anbetracht der

folgenden Tragödie einige Bedeutung zu haben scheint, aber damals war ich überzeugt, die Sache sei völlig harmlos und seine Erregung übernervös.

Auf meinen Rat hin hatte Sir Charles vor, nach London zu fahren. Sein Herz war, wie ich wußte, angegriffen, und die ständige Angst beeinträchtigte offensichtlich seine Gesundheit. Ich dachte, ein paar Monate Zerstreuung in der Großstadt würden einen neuen Menschen aus ihm machen. Mr. Stapleton, ein gemeinsamer Freund, der sich ebenfalls um ihn sorgte, war derselben Meinung. Doch im letzten Augenblick ereignete sich diese schreckliche Katastrophe.

Am Abend von Sir Charles' Tod schickte Barrymore, der Butler, den Stallknecht Perkins zu Pferde zu mir, und da ich noch auf war, konnte ich Baskerville Hall binnen einer Stunde nach dem Vorfall erreichen. Ich überprüfte und sammelte alle Fakten, die bei der gerichtlichen Leichenschau erwähnt wurden: Ich folgte den Fußspuren die Eibenallee hinab, ich sah die Stelle bei der Pforte, wo er anscheinend gewartet hatte, ich bemerkte die Veränderung der Fußspuren jenseits dieser Stelle, ich stellte fest, daß es auf dem weichen Boden keine anderen Fußspuren gab außer denen Barrymores, und schließlich untersuchte ich die Leiche, die seit meinem Eintreffen niemand berührt hatte. Sir Charles lag mit ausgebreiteten Armen auf dem Gesicht, seine Finger waren in die Erde gekrallt und seine Züge so stark verzerrt, daß ich seine Identität kaum hätte beschwören können. Zeichen von körperlicher Gewaltanwendung waren mit Sicherheit nicht zu finden. Und dennoch hat Barrymore bei der Unterredung eine falsche Aussage gemacht: Er sagte, um die Leiche herum seien keine Spuren gewesen. Er hatte keine bemerkt. Aber ich: ein wenig abseits, aber frisch und deutlich – die Fußspuren eines gigantischen Hundes.

James Mortimer

September 1888

Dienstag, 25. September, Forts.

den er spät für mich niederschrieb. J.W.

Mir schauderte bei Mortimers Bericht, aber Holmes nahm ihn eifrig ins Kreuzverhör, und ich beeilte mich, ihren Dialog festzuhalten:

"Das haben Sie gesehen?" fragte Holmes.

"So deutlich, wie ich Sie sehe," erwiderte Mortimer.

"Wie kam es, daß niemand anders es gesehen hat?"

"Die Spuren waren wohl zwanzig Meter von der Leiche, und niemand achtete darauf. Ich hätte es wohl kaum selber getan, wenn ich nicht diese Legende gekannt hätte."

"Gibt es viele Schäferhunde auf dem Moor?"

"Gewiß, aber das war kein Schäferhund."

"Sie sagen, er war groß?"

"Enorm."

"Aber er hatte sich der Leiche nicht genähert?"

"Nein."

"Wie war die Nacht?"

"Feucht und klamm."

"Aber geregnet hat es nicht?"

"Nein."

"Wie sieht die Allee aus?"

"Sie besteht aus zwei alten Eibenhecken, zwölf Fuß hoch und undurchdringlich. Der Weg in der Mitte ist um die acht Fuß breit."

"Ist irgendetwas zwischen den Hecken und dem Weg?"

"Ja, auf beiden Seiten ist ein etwa sechs Fuß breiter Grasstreifen."

"Wenn ich richtig verstehe, wird die Eibenhecke an einer Stelle von einer Pforte unterbrochen?"

"Ja, das Gittertor, das auf das Moor hinausführt."

"So daß man, um zur Eibenallee zu kommen, sie entweder vom Haus aus oder durch die Pforte vom Moor her betreten muß?"

"Es gibt einen Ausgang durch ein Sommerhäuschen am äußersten Ende."

"War Sir Charles so weit gekommen?"

"Nein, er lag etwa fünfzig Yards davor."

"Und nun, Dr. Mortimer, sagen Sie mir – und das ist wichtig: die Fußspuren, die Sie gesehen haben, waren auf dem Weg und nicht auf dem Gras?"

"Auf dem Gras würden sich keine Abdrücke zeigen."

"Waren sie auf derselben Seite des Weges wie das Tor zum Moor?"

"Ja, sie waren auf derselben Seite am Wegesrand."

"Das finde ich überaus interessant. War das Gittertor geschlossen?"

"Geschlossen und mit einem Vorhängeschloß davor."

"Wie hoch ist es?"

"Ungefähr vier Fuß."

"Also hätte jeder darüber klettern können?"

"Ja."

"Und was für Spuren haben Sie beim Gittertor gesehen?"

"Nichts besonderes."

"Um Himmels willen! Hat niemand danach gesucht?"

"Doch, ich habe die Stelle selbst untersucht."

"Und nichts gefunden?"

"Es war alles ziemlich durcheinander. Sir Charles hatte anscheinend fünf oder zehn Minuten dort gestanden."

"Woher wissen Sie das?"

"Weil die Asche seiner Zigarre zweimal abgefallen war."

Holmes war von dieser Beobachtung entzückt und gratulierte Mortimer herzlich, erklärte aber, er sei enttäuscht, nicht selbst dort gewesen zu sein, um die Spuren auf dem Kies zu sehen, bevor sie vom Regen verwischt und von den Pantinen neugieriger Bauern zerstampft wurden. Es überraschte mich, daß Mortimer immer noch Holmes' Unwillen riskierte, indem er andeutete, es bliebe möglicherweise etwas Übernatürliches im Spiel – ein Bereich, bei dem auch der scharfsinnigste und erfahrenste aller Detektive hilflos sei. Er erwähnte, daß vor dem schrecklichen Ereignis mehrfach eine riesige Kreatur auf dem Moor gesichtet worden sei, die dem Dämon der Baskervilles gleiche: leuchtend, gespenstisch und grauenhaft. Ein dickschädeliger Bauer, ein Hufschmied und ein Torfstecher hätten alle dieselbe Geschichte von der schrecklichen

Bislang habe ich meine Untersuchungen auf diese Welt beschränkt. Ich habe das Böse bekämpft, so gut ich konnte, aber der Vater des Bösen selbst schien mir eine zu anspruchsvolle Aufgabe zu sein.

Erscheinung erzählt, und jetzt würden nur noch beherzte Männer nachts über das Moor gehen.

Holmes stichelte, daß Mortimer als wissenschaftlich gebildeter Mann trotz des handfesten Indizes der Fußspuren wohl zu den Transzendentalisten übergewechselt sei. Er fragte, warum Mortimer, wenn er so denke, ihn noch konsultiert habe. Die Antwort war, daß Henry Baskerville, der Erbe, in Waterloo Station eintreffen werde, und Mortimer Holmes' Rat einholen wollte, was er mit ihm tun solle. Mortimer war Testamentsvollstrecker von Sir Charles. Er hatte den jungen Erben von seiner kanadischen Farm herbestellt, da es keinen anderen Anspruchsteller gab. Der einzige andere Verwandte, den Mortimer ausfindig gemacht hatte, war Rodger Baskerville, der jüngste von drei Brüdern, von denen Sir Charles der älteste war. Der zweite, jung gestorbene, war Sir Henrys Vater. Der dritte, Rodger, war das schwarze Schaf der Familie. Er war nach dem alten Hugo Baskerville geraten und hatte ihm auf dem Familienporträt angeblich aufs Haar geglichen. In England war ihm der Boden zu heiß geworden - er war nach Mittelamerika geflohen und dort 1876 am Gelbfieber gestorben. Henry war der letzte der Familie.

Mortimer machte sich Sorgen, daß Henry sehr gefährdet sei, wenn er nach Dartmoor führe; er fürchtete aber auch um den Wohlstand der gesamten Region, wenn sich kein Erbe in Baskerville Hall niederlasse. Wenn in Dartmoor eine teuflische Macht am Werke sei, erwiderte Holmes, würde sie Sir Henry ebensogut in London wie in Devonshire erwischen. Er riet Mortimer, nichts von seinen Befürchtungen zu sagen und am nächsten Morgen um 10 Uhr mit Sir Henry in die Baker Street zurückzukommen. Mortimer notierte sich die Verabredung auf seiner Manschette und eilte in seiner seltsamen, umsichtigen aber zerstreuten Art davon.

Ein Teufel mit ausschließlich lokalen Befugnissen - wie die Pfarrei - wäre ein allzu unvorstellbares Ding!

Holmes hatte diesen ruhigen Blick innerer Befriedigung, der bedeutete, daß er eine würdige Aufgabe vor sich hatte, daher ging ich für den Rest des Tages in den Club, um ihm aus dem Wege zu sein. Er bat mich, ihm ein Pfund stärksten Shag-Tabak von Bradley's zu schikken, und als ich um kurz vor neun zurückkam, war das Zimmer voll Rauch

Abgeschlossenheit und Einsamkeit sind in jenen Stunden intensiver Konzentration unerläßlich, da ich jedes Stäubchen des Beweismaterials abwäge, alternative Theorien konstruiere, eine gegen die andere abwäge, und mir darüber schlüssig werde, welche Punkte wichtig und welche unwesentlich sind.

Sie haben eine entzückende Naivität an sich, Watson, die es zum Vergnügen macht, meine geringen Fähigkeiten auf ihre Kosten zu trainieren.

und Nebel; Holmes kauerte im Schlafrock in einem Sessel, seine Pfeife zwischen den Lippen und mehrere Papierrollen um sich herum verstreut.

Ich mußte heftig husten, beschwerte mich über die giftige Atmosphäre und öffnete das Fenster. Holmes hatte großen Spaß daran, zu erraten, daß ich im Club gewesen war, weil ich trotz der Regenschauer tadellos und trocken zurückgekommen war, also nirgendwo sonst hingegangen sein konnte. Er selbst war im Geiste in Devonshire gewesen, während sein Körper zwei große Kannen Kaffee und eine unglaubliche Menge Tabak konsumiert hatte, indessen er über einem Meßtischblatt von Dartmoor brütete, das er bei Stamford's erstanden hatte.

Die Welt ist voller offensichtlicher Dinge, die niemand je, unter welchen Umständen auch immer, bemerkt.

Eduard Stamford natürlich. Stamford war Ihr Freund, der uns miteinander bekannt gemacht hat.

Er zeigte mir Baskerville Hall, den Weiler Grimpen und ein paar verstreute Anwesen - Lafter Hall, zwei Moorgehöfte, High Tor und Foulmire, und weit ab davon das große Zuchthaus von Princetown. Bevor wir uns wieder Mortimers Hypothese des Übernatürlichen zuwendeten, meinte Holmes, sollten wir alle anderen Hypothesen durchdenken, entscheiden, ob ein Verbrechen vorliege, und, wenn ja, welches und wie es begangen worden sei. Er bat mich, das Fenster zu schließen, damit er besser denken könne.

Die Abgesandten des Teufels können auch aus Fleisch und Blut sein.

Dann erinnerte er an Mortimers Aussage bei der gerichtlichen Untersuchung von der Veränderung der Fußspuren. Er nahm an, der Mann sei nicht plötzlich auf Zehenspitzen gegangen, sondern vor Angst wahnsinnig davongerannt, bis er tot zu Boden fiel. Die Ursache seiner Angst müsse über das Moor auf ihn zugekommen sein, und doch war er vom Haus weg statt darauf zu gelaufen. Auf wen habe er gewartet, und warum in der Eibenallee statt in seinem eigenen Haus? Es sei unwahrscheinlich, daß ein älterer, gebrechlicher Mann in einer feuchten Nacht unmittelbar vor seiner Abreise nach London einen Abendspaziergang unternehme und ohne Anlaß fünf bis zehn Minuten an der Pforte zum Moor warte.

Befriedigt davon, daß seine Gedanken zumindest für ihn Gestalt annahmen, bat mich Holmes, ihm seine Violine zu reichen, und stellte alle weiteren Überlegungen bis zum nächsten Morgen zurück, an dem wir Sir Henry Baskerville und abermals Dr. Mortimer treffen sollten.

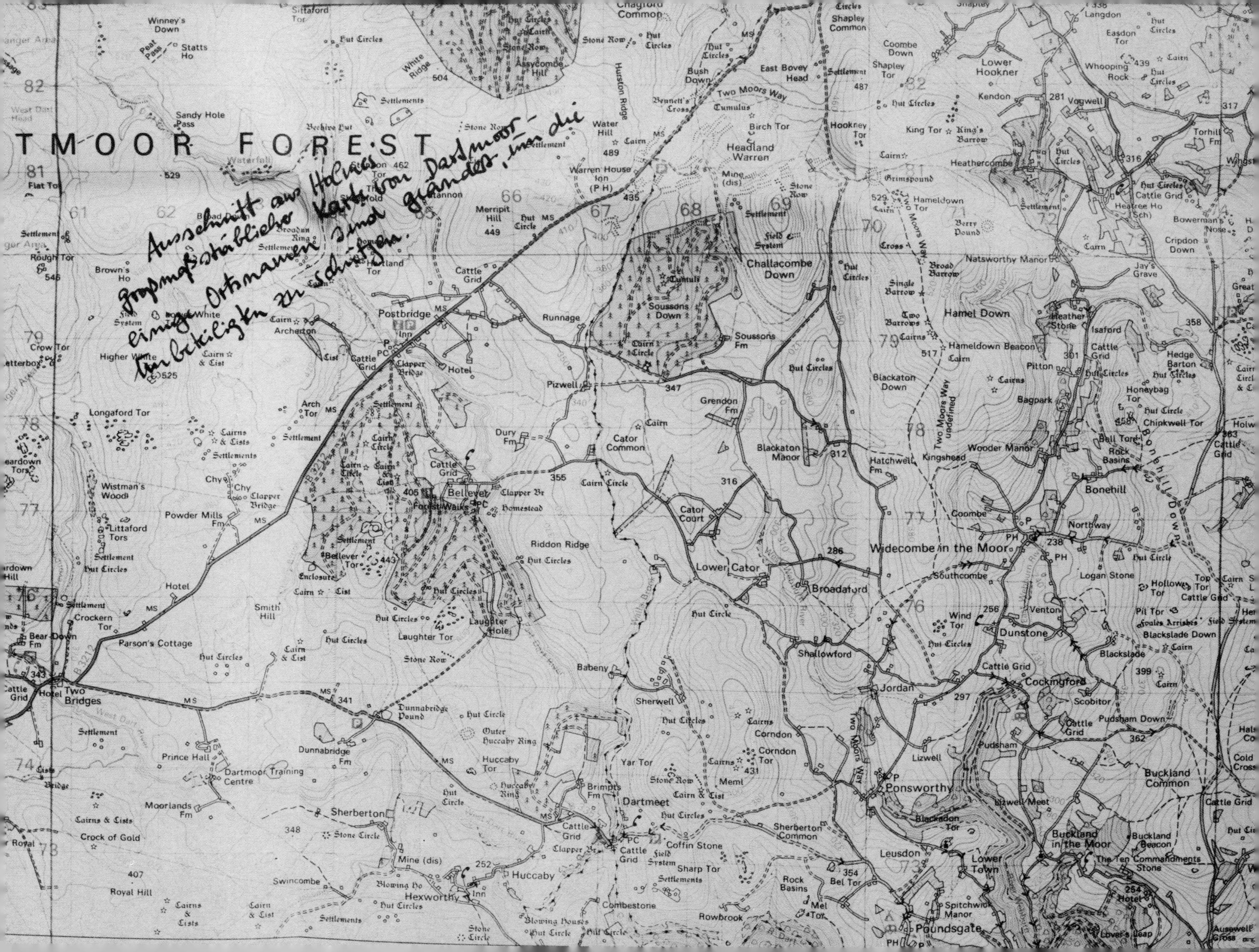
TMOOR FOREST
Ausschnitt aus Holmes großmaßstäblicher Karte von Dartmoor – einige Ortsnamen sind geändert, um die Unbeteiligten zu schützen.
Postbridge
Two Bridges
Widecombe in the Moor
Hamel Down
Challacombe Down
Soussons Down
Bellever
Dartmeet
Ponsworthy
Poundsgate
Hexworthy
Huccaby
Cator Common
Two Moors Way
Warren House Inn (PH)
Headland Warren
Grimspound
Hameldown Tor
Hameldown Beacon
Buckland in the Moor
Buckland Common
Bonehill Down
Cockingford
Dunstone
Jordan
Broadaford
Lower Cator
Cator Court
Babeny
Sherwell
Corndon Tor
Yar Tor
Leusdon
Spitchwick Manor
Dunnabridge Pound
Prince Hall
Dartmoor Training Centre
Sherberton
Royal Hill
Crock of Gold
Crockern Tor
Parson's Cottage
Powder Mills Fm
Wistman's Wood
Littaford Tors
Longaford Tor
Higher White Tor
Sandy Hole Pass
Winney's Down
Statts Ho
Sittaford Tor
Assycombe Hill
White Ridge
Hurston Ridge
Water Hill
Merripit Hill
Runnage
Pizwell
Dury Fm
Riddon Ridge
Laughter Tor
Grendon Fm
Soussons Fm
Blackaton Manor
Blackaton Down
Hatchwell Fm
Kingshead
Wooder Manor
Natsworthy Manor
King Tor
Hookney Tor
Shapley Common
Coombe Down
Lower Hookner
Kendon
Heathercombe
Easdon Tor
Langdon
Whooping Rock
Bowerman's Nose
Cripdon Down
Jay's Grave
Hedge Barton
Honeybag Tor
Chinkwell Tor
Bell Tor
Bonehill
Northway
Logan Stone
Hollow Tor
Top Tor
Pil Tor
Blackslade Down
Pudsham Down
Scobitor
Wind Tor
Southcombe
Shallowford
Lizwell
Lizwell Meet
Blackadon Tor
Lower Town
Buckland Beacon
The Ten Commandments Stone
Lover's Leap
Sherberton Common
Bel Tor
Mel Tor
Rowbrook
Combestone
Sharp Tor
Coffin Stone
Brimpts Fm
Huccaby Tor
Outer Huccaby Ring
Dunnabridge Fm
Moorlands Fm
Swincombe
Smith Hill
Archerton
Arch Tor
Brown's Ho
Rough Tor
Flat Tor
Crow Tor
Beardown Tors
Bear Down Fm
Hartland Tor
Stannon Tor
Broadun Ring

Mittwoch, 26. September

Holmes offensichtlich sehr erregt durch Mortimers Bericht. Nach unserer Diskussion gestern abend spielte er noch sehr lange Geige – immerhin etwas, das es mir nicht schwer macht aus Baker Street auszuziehen. Mein Gefährte litt an einer seiner schlaflosen Nächte, war heute morgen sehr zeitig auf und um 10 Uhr bereit für das Gespräch mit dem Doktor und Baskerville. Mrs. Hudson war überrascht und geriet etwas außer Fassung durch die Eile, in der das Frühstück serviert werden sollte. Sturmwolken verdüsterten ihr Gesicht und als sie die gestern abend von Holmes Pfeife verpestete Luft unseres Zimmers bemerkte, blickte sie noch düsterer drein. Holmes machte die Sache nicht besser, als er ihr seine Philosophie erläuterte. "Ich finde, daß eine konzentrierte Atmosphäre zur Konzentration der Gedanken beiträgt," sagte er ihr. "Ich habe es noch nicht so weit getrieben, daß ich zum Nachdenken in eine Kiste steige, aber das wäre die logische Konsequenz meiner Überzeugung." Mrs. Hudson grummelte, die könne sie ihm jederzeit zur Verfügung stellen!

Was mich anbelangt, habe ich die Gelegenheit

genützt, mein Tagebuch heute früh schon nachzutragen, weil ich das Gefühl habe, daß wir im Begriff stehen, uns in ein höchst außergewöhnliches und erstaunliches Abenteuer zu begeben, wie ich es selbst bei der Armee in Indien kaum je erlebt habe. Ich sage "wir" – ich meine Holmes! Ich werde mich *nicht* beteiligen. Für Watson ist die Zeit gekommen, von ferne zuzusehen. Der Himmel weiß, wie sehr solche Untätigkeit meinem rastlosen Gemüt zuwiderläuft, aber meine neuen Pflichten erfordern ein anderes Benehmen. Holmes wird ohne mich auskommen müssen! Ich habe mich zuweilen gefragt, wie sehr er meine Hilfe wirklich schätzt, aber nun ist es zu spät. Er soll meinen Beistand *nicht* mehr bekommen. Da bleibe ich felsenfest – obwohl diese Geschichte von dem Hund meine sentimentalen Gedanken wieder auf das kleine Hündchen gelenkt hat, das ich besaß, als ich Holmes kennenlernte, und wie ich auf Drängen von Mrs. Hudson und unter Drohungen von Holmes ein neues Heim für ihn finden mußte.

Sir Henry Baskerville
Baskerville Hall
Oktober 1888

CHARING
CROSS
25 SEPT
pm
SIR HENRY BASKERVILLE,
NORTHUMBERLAND
HOTEL

Wenn Ihnen Ihr Leben oder Ihr verstand was bedeutet,
bleiben Sie dem MOOR fern

DER FREIE HANDEL

Wenn wir richtig unterrichtet sind, erheben sich in einflußreichen Kreisen wiederum Stimmen, das »Freier Handel« den Verzicht auf jegliche Kontrolle und Besteuerung von Import- und Exportgütern bedeute. Diesen Weg haben wir schon einmal beschritten. Die Argumente für Schutzzölle werden der Öffentlichkeit auch in Zukunft in ermüdender Weise unterbreitet werden. Man kann Ihnen einreden, daß Ihr bestimmter Beruf oder Ihre Industrie durch Schutzzölle gefördert werden können, doch schon der gesunde Menschenverstand sagt einem, daß solch eine Gesetzgebung auf lange Sicht allen Wohlstand dem Land fern bleiben läßt, das Importvolumen vermindert und den allgemeinen Lebensstandard auf dieser Insel senkt.

Diejenigen, die gegen den freien Handel sind, werden viele falsche Gerüchte über die Bedeutung dieses Ausdrucks in Umlauf setzen. Wir wissen, daß er als Euphemismus für das Schmuggeln verwendet wurde; er hat auch einmal das Recht bedeutet, im Ausland Handel zu treiben, ohne einer Gesellschaft anzugehören. Die richtige Bedeutung setzte sich vor über vierzig Jahren bei den Bemühungen durch, die englischen Getreidegesetze abzuschaffen, jene unheilvollen Einfuhrzölle auf Weizen und andere Getreide.

Wir dürfen uns nicht zu dem Glauben verleiten lassen, daß der freie Wettbewerb ein neuerer Begriff wäre. Die Franzosen nannten es im vergangenen Jahrhundert »laissez faire« und waren der Ansicht, es handele sich um eine Freiheit, die Hand in Hand gehe mit dem philosophischen Konzept der natürlichen Freiheit. William Pitt handelte mit Frankreich ein Wirtschaftsabkommen aus, das viele Beschränkungen und Verbote aufhob, bevor der Krieg ausbrach. So ist bewiesen worden, daß es eher politische denn wirtschaftliche Gründe sind, die dem freien Handel entgegenstehen.

Im Zweifelsfalle sollten wir wieder auf die Stimme von Adam Smith hören. Die Bewegung für den freien Handel ist stärker denn je – was auch immer seine Widersacher Sie glauben machen wollen. Die Haushaltspläne William Gladstones von 1853 und 1860 haben den Prozeß des Abbaus der Zölle weitergeführt, der nach den Napoleonischen Kriegen wieder auflebte. Vor über einem Jahrzehnt waren die britischen Steuern auf eine kleine Zahl von Umsatzzöllen auf solche Güter wie Schnaps, Wein, Bier und Tabak beschränkt. Darüberhinaus war auch die Freizügigkeit der Menschen gewährleistet. Zu solch einer grundlegenden Freiheit müssen wir zurückkommen.

Aus: The Times, Dienstag, September 25, 1888

EXOTISCHE TYPEN UND ANTIQUE RARITÄTEN
Eine Monographie über
Die Merkmale verschiedener Schrifttypen
Von Sherlock Holmes

Vor den Augen eines jeden Belesenen zieht jeden Tag eine Menge Druckerzeugnisse aus sehr vielen verschiedenen Quellen vorüber, und wenn auch manche die Bedeutung der Worte beachten, achten nur wenige auf das Wesen der Buchstaben. Ich empfehle allen, die Form ebenso wie den Inhalt zu studieren, denn erstere hat mir oft mehr verraten als letzterer, und ich habe oft größere Unterschiede zwischen dem Charakter der Schrifttypen gefunden als zwischen den Argumenten der Autoren.

Ebensoviel Unterschied besteht in meinen Augen zwischen den durchschossenen Lettern eines *Times*-Artikels und dem schlampigen Druck einer Halfpenny-Abendausgabe. Die Bestimmung von Typen ist einer der grundlegendsten Wissenszweige für den Kriminalisten, obwohl ich zugeben muß, daß ich in sehr jungen Jahren einmal den *Leeds Mercury* mit den *Western Morning News* verwechselt habe. Ein Leitartikel der *Times* ist absolut unverkennbar, wie mein Freund John Southwood, der ein Buch über dieses Thema vorbereitet, mir als erster bestätigen würde.

Beginnen wir bei dem Metall selbst, das für den Letternguß verwendet wird und uns mittels einer Analyse viel über die Herkunft der Type verraten kann. Es ist allgemein bekannt, daß dieses Metall eine Legierung aus Blei, Zinn und Antimon ist, zuweilen – wie in Amerika üblich – noch mit ein wenig Kupfer, obwohl viele den Wert dieser Komponente in Zweifel ziehen. Blei schmilzt bei niedrigen Temperaturen und kühlt schnell ab. Antimon sorgt für Härte und durch Ausdehnung beim Abkühlen dafür, daß die Gußformen vollständig vom Metall ausgefüllt werden. Zinn ergibt Glätte und Zähigkeit. Die genaue Zusammensetzung, welche die englischen Gießereien verwenden, ist ein Berufsgeheimnis, aber die Analyse von Typen aus vier Gießereien zeigt, daß sie 50 bis 69 Prozent Blei, 25 bis 29 Prozent Antimon, 9 bis 25 Prozent Zinn und höchstens 1,5 Prozent Kupfer verwenden.

Stahl, Eisen, Platin und sogar Messing sind (obwohl Buchbinder sie in gewissem Umfang einsetzen) für gewöhnliche Schrift nicht geeignet; ich aber finde es höchst interessant, daß Silber sehr zufriedenstellende Schrifttypen ergäbe, wenn es je vom Geldmarkt verschwinden sollte – obwohl ich zugeben muß, daß sich niemand auf diese Aussicht verlassen sollte. Die Vorstellung, mit Silber-Typen gesetzte Bücher oder sogar Zeitungen zu lesen, regt meine Phantasie an, und ich zweifle nicht daran, daß ich solch eine Schrift sofort von jeder anderen unterscheiden könnte.

Bevor wir weitergehen, wird es nötig sein, die verschiedenen Schriftfamilien kennenzulernen, und dazu sollten wir wissen, daß die frühesten Drucker keinerlei Schriften erfunden haben. Sie übernahmen als Modell die gebräuchliche Handschrift ihres Landes. Die ersten italienischen Drucker ahmten in ihren Typen sehr eng die zeitgenössischen italienischen Manuskript-Schriften nach, also die lateinischen Buchstaben. So entstand der Großteil aller heute verwendeten Druckschriften. Bei einfachen Fließsatz-Texten wie Büchern oder Zeitungen werden wir Buchstaben finden, für hervorzuhebende Texte Auszeichnungs-Schriften. Die Buchschriften kann man wiederum in mehrere Klassen unterteilen. Da gibt es die Moderne Antiqua mit ihren sehr vielen Abarten, die aber alle bestimmte Gemeinsamkeiten aufweisen; die Barock- oder Caslon-Antiqua, auch Caslon Elzevir genannt; jene hervorragenden Schriften aus der Gießerei Caslon sind erst kürzlich in der Form verbessert worden, während sie ihren individuellen Charakter beibehalten haben; dann gibt es den alten französischen Stil, der von verschiedenen französischen Schriftgießern, doch mehr noch von amerikanischen und deutschen Gießereien hergestellt wird; und jenen besonderen Stil, den der Baseler Drucker Froben erfunden hat.

Mittwoch, 26.September

Holmes war immer noch im Morgenmantel, als um 10 Uhr Dr. Mortimer mit Sir Henry Baskerville eintraf, einem kleinen, alerten, aber sehr stämmigen dunkeläugigen Mann von etwa dreißig Jahren. Er trug einen rötlichen Tweed-Anzug und wirkte wie jemand, der die meiste Zeit an der frischen Luft verbringt, und doch lag in seinem ruhigen Blick und der gelassenen Sicherheit seines Auftretens etwas, das den Gentleman verriet.

Er schmeichelte Holmes, indem er sagte, er habe bereits von seiner Reputation vernommen. Er hatte selbst ein kleines Rätsel mitgebracht, das ihm diesen Morgen widerfahren war, obwohl er dachte, es sei vielleicht nur ein Scherz. Es war ein Briefumschlag, der an Sir Henry im Northumberland-Hotel adressiert war. Niemand konnte gewußt haben, daß er dort abgestiegen war, weil er sich erst dazu entschlossen hatte, nachdem er Mortimer getroffen hatte, der bei einem Freund logierte. Im Umschlag lag ein Zettel, in dem Sir Henrys Leben bedroht wurde, falls – oder er vor der Gefahr gewarnt wurde. – er sich ins Moor begäbe. Sir Henry wollte wissen, ob Holmes die Nachricht deuten könne.

Statt zu antworten, bat Holmes um ein Exemplar der "Times" vom Vortag, fuhr mit dem Blick die Spalten der Leitartikel hinab und las, hellauf entzückt, einen Auszug aus einem, wie er sagte, "ausgezeichneten Artikel über den freien Handel" vor. Sir Henry empfand dasselbe wie ich, daß nämlich Holmes vom Thema abgekommen sei, bis dieser darauf hinwies, daß jedes Wort auf dem Zettel aus dem Artikel ausgeschnitten worden war. Sir Henry und Mortimer waren verblüfft, aber ich erwartete solche Dinge mittlerweile von meinem Gefährten, der ihnen sagte, er sei in der Lage, genau die richtige Zeitung und den passenden Artikel anzugeben, weil die Unterschiede zwischen den Schrifttypen zu seinen Spezialhobbies gehöre, genauso, wie der Doktor den Schädel eines Negers von dem eines Eskimos unterscheiden könne.

Die Worte waren mit Gummi arabicum auf den Zettel aufgeklebt. Nur das Wort "Moor" stand in Blockschrift da, weil es nicht so gebräuchlich ist und in dem Artikel nicht zu finden war. Da man sich der

"Times" bedient habe, meinte Holmes, sei der Absender wahrscheinlich eine gebildete Person, die versuche, ihre Handschrift zu verstellen, wie die unbeholfenen Buchstaben auf dem Umschlag vermuten ließen. Vielleicht hatte der Absender befürchtet, von jemandem aus seinem Hotel unterbrochen zu werden? Dr. Mortimer wollte wissen, wieso Holmes behaupten könne, die Notiz sei in einem Hotel geschrieben worden. Weil man sich der typischen Hotelfeder -tinte bedient habe, erwiderte Holmes, die dem Schreiber - anders als persönliches Schreibzeug -Schwierigkeiten gemacht hatten. Er meinte, wenn wir die Papierkörbe der Hotels um Charing Cross absuchten, bis wir den zerschnittenen Leitartikel aus der "Times" fänden, könnten wir unseren Mann sofort festnageln. Holmes hielt sich den Zettel dicht vor die Augen und fragte Sir Henry dann, ob ihm sonst noch irgendetwas Bemerkenswertes geschehen sei, seit er in London weile, oder ob ihm jemand gefolgt sei.

Sir Henry fragte, ob er mitten in einem "Groschenroman" stecke, und wollte wissen, worin das Geheimnis bestehe; dann erinnerte er sich, daß er einen Schuh verloren hatte, wozu Mortimer bemerkte, das sei nicht von Belang. Aber Holmes wollte mehr darüber wissen. Sir Henry hatte am vorigen Abend im "Strand" ein paar braune Stiefel gekauft und sie zum Polieren vor die Tür gestellt, aber heute morgen war nur noch einer da, und der Schuhputzer wußte nichts davon. Sir Henry sagte, er hätte sechs Dollar für die Stiefel bezahlt, weil er meinte, als Gutsherr auf Baskerville Hall müsse er entsprechend auftreten. Holmes stimmte zu, daß der Stiefel ein besonders nutzloses Diebstahlsobjekt sei und teilte Dr. Mortimers Ansicht, daß er bald gefunden würde.

Sir Henry hatte recht, mich auf diese „Nebensächlichkeit" aufmerksam zu machen. Ich hatte nach allem gefragt, was von der Alltagsroutine abwich, so albern der Vorfall auch war.

Dann bestand Sir Henry darauf, daß wir ihm unsere Befürchtungen erklärten, daher las ihm Mortimer die Papiere vor und legte ihm den ganzen Fall dar. Schon seine Amme hätte ihm von diesem Hund erzählt, sagte der Baronet, doch hätte er die Geschichte nie ernst genommen. Über das Ausmaß der Gefahr und darüber, ob Sir Henry es riskieren sollte, nach Baskerville Hall zu fahren, waren wir geteilter Meinung, aber er selbst zögerte keinen Moment. Er zog die Augenbrauen zusammen und das Blut schoß ihm ins Gesicht:

Offensichtlich war das feurige Temperament der Baskervilles in diesem letzten Vertreter nicht erloschen.

"Es gibt keinen Teufel in der Hölle, und es gibt keinen Mann auf der Welt, der mich davon abhalten kann, ins Haus meiner Väter zu ziehen," polterte er, "das ist meine endgültige Antwort."

Er bat um eine Stunde, um das Gehörte zu überdenken, und schlug vor, daß wir uns um zwei Uhr zum Essen in seinem Hotel treffen sollten. Dann machte er sich mit Dr. Mortimer zu Fuß auf. Im Augenblick, da die Tür ins Schloß fiel, verwandelte sich Holmes vom schläfrigen Träumer zum Mann der Tat. Im Nu waren wir umgezogen und noch rechtzeitig auf der Straße, um unsere Besucher zweihundert Yards vor uns in Richtung Oxford Street gehen zu sehen. Da ich nicht wußte, was Holmes vorhatte, fragte ich ihn, ob ich hinlaufen und sie anhalten sollte, aber er begnügte sich damit, ihnen mit hundert Yards Abstand in die Oxford Street und die Regent Street hinab zu folgen, wobei er - wie die beiden - zuweilen stehenblieb, um ein Schaufenster zu betrachten.

Plötzlich stieß Holmes einen Ruf der Befriedigung aus. Ich folgte seinem Blick und sah, daß eine Droschke mit einem Mann darin, die auf der anderen Straßenseite gehalten hatte, sich langsam wieder in Bewegung setzte. Ich bemerkte, wie uns ein stechendes Augenpaar über einem buschigen, schwarzen Bart aus dem Seitenfenster der Kutsche anstarrte. Im gleichen Moment flog die Klappe im Dach auf, dem Kutscher wurde etwas zugerufen und der Wagen raste die Regent Street hinab.

Da keine freie Droschke in der Nähe war, stürmte Holmes in wilder Jagd hinterher, aber der Wagen war bald außer Sicht. Über sein Mißgeschick und seine schlechte Planung fluchend, blieb Holmes keuchend stehen. Ich fragte, wer der Mann gewesen sei, aber Holmes wußte nur, daß jemand Baskerville seit seiner Ankunft in der Stadt eng beschattet haben mußte, und Holmes hatte schon in Baker Street durchs Fenster nach einem Müßiggänger Ausschau gehalten. Es war ein geschickter Schachzug gewesen, eine Droschke zu benutzen, um unbemerkt zu bleiben, aber jetzt könnten wir ihn, schlug ich vor, anhand des Kutschers verfolgen, wenn wir nur dessen Nummer hätten.

Watson, Watson, wenn Sie ein aufrichtiger Mann sind, werden Sie mich davon berichten und es gegen meine Erfolge aufrechnen.

Holmes protestierte: Er sei zwar ungeschickt gewesen, aber ich könne mir doch wohl nicht im Ernst vorstellen, daß er versäumt hätte,

Obwohl ich mir noch nicht sicher war, ob wir es mit einem Abgesandten des Guten oder des Bösen zu tun hatten, war ich mir doch meiner Stärke und Umsicht bewußt.

die Nummer festzuhalten - 2704. Unser Mann sei nun allerdings alarmiert und für uns verloren, wenn er auch unseren Besuchern jetzt nicht mehr folgen werde. Das einzige, was wir beschwören könnten, sagte Holmes, sei der Bart des Mannes, was beweise, daß es sich wahrscheinlich um einen falschen handele, der die Gesichtszüge des Mannes verbergen sollte.

Wir betraten eines der Boten-Büros dieses Viertels, dessen Leiter Wilson Holmes herzlich begrüßte: Offenbar hatte mein Freund einmal seinen guten Ruf und sein Leben gerettet. Holmes fragte nach einem Jungen namens Cartwright, einem vierzehnjährigen Burschen mit einem freundlichen, aufgeweckten Gesicht, der meinen Gefährten ehrfurchtsvoll anstarrte. Holmes zeigte Cartwright ein Hotelverzeichnis und die Namen von 23 Hotels um Charing Cross. Er wies den Jungen an, nacheinander alle aufzusuchen und dem Portier jeweils einen Shilling zu geben. Er sollte sagen, ein wichtiges Telegramm sei verschwunden, und darum bitten, sich die Papierabfälle vom Vortag anzusehen - aber in Wirklichkeit sollte er nach einer zerschnittenen Innenseite der "Times" suchen. Holmes zeigte ihm die Seite, die wir gelesen hatten.

Bei jenem Fall hat der Junge mehr Können bewiesen.

Der Portier würde in jedem Fall den Empfangschef rufen, dem Cartwright ebenfalls einen Shilling geben sollte. Zwanzigmal werde er wohl erfahren, daß der Müll von gestern bereits verbrannt oder abtransportiert sei. In den drei anderen Fällen werde man ihm einen Haufen Papier zeigen, in dem er nach der Seite aus der "Times" suchen sollte. Die Chancen, sie zu finden, stünden sehr schlecht, aber Holmes gab ihm zwei Häufchen von je 23 Shilling und 10 Shilling für Notfälle und befahl dem Burschen, bis zum Abend Baker Street telegraphisch Bericht zu erstatten.

Dann sandte Holmes selbst ein Telegramm an die Meldebehörde, um die Identität des Kutschers Nr. 2704 festzustellen. Als das erledigt war, gingen wir in eine der Galerien auf der Bond Street, um uns die Zeit zu vertreiben, bis wir im Hotel erscheinen mußten.

LONDON AND SUBURBAN HOTELS:—

Adelphi, 1 to 4 John-st., Adelphi, W.C.
Albemarle, 1 Albemarle-street, W.
Alexandra Hotel Co. (limited), St. George's-place, Hyde-park, S.W.
Alexandra, Clapham Com., S.W.
Almond's (private), 6 & 7 Clifford-street, New Bond-street, W.
American, 34 St. Martin's-st., W.C.
Anderton's, 162, 164, & 165 Fleet-street, E.C.
Angus's (temperance), 22 and 23 New Bridge-street, E.C.
Army and Navy, Victoria-st., S.W.
Arundel, 19 & 20 Arundel-st., W.C.
Atkinson's (private), Thavies-inn, E.C.
Bailey's, Gloucester-road, S.W.
Balmoral, 229 High Holborn, W.C.
Barrett's 8 to 11, 16 and 25 Cecil Street, Strand, W.C.
Bath, 25 Arlington-street, S.W.
Bath and Cheltenham, 23 and 24 London-street, W.
Batt's, 41 and 42 Dover street, W
Bedford, 4 Southampton-bldgs., W.C.
Bedford, 14 Piazzas, Covent garden, W.C.
Bedford, 37 Museum-street, W.C.
Bedford, 93 and 95 Southampton row, Russell-square, W.C.
Bedford Head, 41 Maiden-lane, Covent-garden, W.C.
Berners (private), 6 and 7 Berners-street, W.
Beulah Spa, Beulah-hill, Upper Norwood, S.E.
Blackwall Railway, 7 London-st., Fenchurch-street, E.C.
Blakey's (private), 22 & 23 Argyle-square, Euston-road, N.W.
Boar & Castle, 14 Oxford-st., W.
Bohn's, 6 Circus, Minories, E.
Bonn's (private), 16, 17, 18 and 25 Surrey-st., W.C.
Bonn's Royal Surrey, 14 and 15 Surrey-street, W.C.
Boyd's Kensington, Russell-rd., W.
Bridge House, London Bridge, S.E.
BRISTOL, Burlington - gardens, W. (*see advt.*)
British, 82 & 83 Jermyn-st, S.W.
Brown's, 21 to 24 Dover-street, W.
Brunswick, 52 & 53 Jermyn-st, S.W.
Brunswick House, 13 Princes-st, W., and 10 Hanover-sq., W.
Buckingham Palace, 9 Buckingham Palace gate, S.W.
Buckland's (private), 9 Holles-st., Cavendish-sq., W.
Buckland's, 43 Brook-st., Grosvenor-square, S.W.
Buecker's 1 to 4 Christopher-street, Finsbury, E.C.
Bunyer's Old Bell, 123 Holborn, E.C.
Burlington, 19 and 20 Cork-street, W., and 29 and 30 Old Burlington-street, W.
BURR'S, 10, 11 and 12 Queen-sq., W.C. (*see advt.*)
Butler's (private), 10 Dover street, W.
Caledonian, Adelphi-terrace, W.C.
Cannon Street, City Terminus, Cannon-street, E.C.
Carter's (private), 14 and 15 Albemarle-street, W.
Castle and Falcon, 5 Aldersgate-street, E.C.
Cathedral, 48 St. Paul's Church-yd
Cavendish, 81 Jermyn-st., S.W.
Champion, 15 Aldersgate-st., E.C.
Charing Cross, Strand, W.C.
Charterhouse, 54 Goswell-rd., E.C.
City Central (Faulkner's), 49A & 50 Newgate-st., EC.
Clarendon, 17 and 18 Arundel st., W.C.
Claridge's, 49 to 55 Brook street, Grosvenor square, W.
Clarke's (private), 30 Albemarle street, W.
Clemow's (private), 15 Salisbury street, W.C.
Coach and Horses, Kew, S.W.
Coburg, 14 to 16 Charles street, Grosvenor square, W.
Cocker's, 19, 20 and 21 Charterhouse square, E.C.
Coleherne, 1 Claro ter., Richmond-rd., S.W.
Colosseum, 198 Gt. Portland st., W.
Commercial, 8 Jewin-st., E.C.
Courtfield, 181 Earl's Court road, S.W.
Covent Garden, Henrietta-st., W.C.
Cowan's, 29 Albemarle street, W.
Cox's, 55 Jermyn st, S.W.
Craufurd's, 40 & 41 Sackville-st, W.
Craven, 43 to 46 Craven st., W.C.
Criterion, Regent circus, W.
Cromwell Gardens, 3 to 7 Cromwell-gardens, South Kensington.
Crowson's (private), 12 & 14 Park st., Grosvenor square, W.
Davis's (private), 2 Howard street, Norfolk street, Strand, W.C.
Dean's (private) 13 and 14 Dover-st., Piccadilly, W.
DEVONSHIRE HOUSE (temperance), 12 Bishopsgate street without, E.C. H. G. Chalkley, proprietor (*see advt.*)
Dieudonne's, 11 Ryder street, St. James', S.W.
Duke of Edinburgh, 10 Salisbury square, E.C.
Durrant's, 24, 26 and 28 George st., Portman-square, W.
Edwards's, 13 George street, Hanover square, W.
Edwards's, 19 Norfolk-st., Strand, W.C.
Edwards's (private) 14 Euston-sq., N.W.
Euston, Euston-square, N.W.
Evans's (private) 15a Clifford-st. W.
FAULKNER'S (private), Villiers st., Strand, W.C.
Fenton's, 63 St. James's street, S.W. & (private) 12 Park place, S.W.
Firth's (private), 2 and 3 Salisbury street, Strand, W.C.
First Avenue, High Holborn, W.C.
Fleming's 10 Half-moon-st., W
Ford's, 13 to 16 Manchester st., W.
Freemason's, 64 & 65 Gt. Queen-st., W.C.
Fripp's, 33 to 36 Manchester st., W.
Garlant's, 15 to 17 Suffolk street, Pall Mall, S.W.
Gauden, nr. Clapham rd. stn. S.W.
George, 213 Strand, W.C.
Gipsy Hill, Gipsy Hill, Upper-Norwood, S.E.
GLENDOWER, South Kensington, S.W. (*see advt.*)
Golden Cross, 452 West Strand, W.C.
Goult's (private), Surrey st. and Norfolk st., Strand, W.C.
Grand, Trafalgar Square, W.C.
Graham's (private), 35 Duke street, St. James's, S.W.
Gt. Eastern, Liverpool st. station, E.C.
Gt. Northern, King's Cross stn., N.
Gt. Western Royal, Paddington, W.
GREGG'S, Commercial, Ironmonger Lane, E.C. (*see advt.*)
Greyhound, Dulwich, S.E.
Greyhound, Richmond, S.W.
Grosvenor, Buckingham Palace road, S.W.
Grove Park, Grove Park, Chiswick, W.
Guards, 52 Holland street, W.
Hallam's (private), 48 Albemarle street, W.
Harris', 34 to 36 St. James' pl., S.W.
Hatch's, 7, 8 and 9 Dover street, W.
Hatchett's, 67 & 68 Piccadilly, S.W.

Haxell's, 369 to 375 Strand, W.C.
High Beach, Epping
Holborn Viaduct, Holborn Viaduct, E.C.
Holloway's (private), 47 and 48 Dover street, W.
Horse Shoe, 264 to 267 Tottenham Court road, W.C.
Hotel Bastidas, 26 Percy-st., W.
Hotel Continental, 1 Regent-st, W.
Hotel Espanol, 46 Berners-st., W.
Hotel de Paris and de l'Europe, Leicester-sq. & Leicester-pl. W.C.
Hotel Mathis, Arundell-st., Coventry-street, W.
Hotel Konveau, 2 and 13 Golden square, W.
Housden's (private), King street, Finsbury, E.C.
Hutchinson's (private), 24 Surrey street, Strand, W.C.
Hyde Park, 554 Oxford-st, W.
Imperial, 6 Holborn Viaduct, E.C.
Inns of Court (Lmtd.), 269 & 270 High Holborn, W.C., and 20, 21 & 22 Lincoln's-inn-Fields, W.C.
Johnston's, 7 to 9 Salisbury-st, W.C.
Kennan's 65A, Cheapside
Kensington - park, 1 Ladbrooke-grove rd, W.
Kent's, 31 & 32 Norfolk-street, Strand, W.C.
Kershaw's (private), 14 Charterhouse-square, E.C.
Klein's, 38 Finsbury-square, E.C.
Lane's (private), 1 to 3 St. Alban's-place, St. James', S.W., and 9 & 10 Norris-street, Haymarket S.W.
Langham, Portland-place, W.
Lay's, 5, 6, 8, & 9 Surrey-st., W.C.
Limmers', 1 & 2 George-st., Hanover-sq., W.
Ling's (private), South-st., Finsbury E.C.
Livett's, (Mrs.) 17, Norfolk street.
Long's, 16 New Bond-st, W.
Love's, 35 & 36 Albemarle-st, W.
Mackellar's (private), 17 & 18 Dover street, Piccadilly, W.
Manchester, Aldersgate st., E.C.
Mansion (private), Richmond Hill.
Marlborough, Friars' Stile road, Richmond, S.W.
Marshall Thompson's, 28 and 29 Cavendish square, W.
Métropole (The), Northumberland Avenue & Whitehall pl, S.W.
Mexborough (private) Hotel, Craven st., W.
Midland Grand, St. Pancras station, N.W.
Mona, 13 Henrietta street, W.C.
Morle's, 102 Jermyn st., S.W.
Mortimer's (private), 3 & 4 Craven-st., W.C.
Mortlake, High st., Mortlake, S.W.
Mullen's, 11 Ironmonger lane E.C.
Nash's, 18 to 26 Manchester-st., W.
Neumeister's, 30 and 32 Bryanston street, W.
Norfolk, 30 Surrey st., Strand, W.C.
Norfolk Square, Norfolk square, Hyde park, W., and 25 London street, W.
Norris's (private), 48 to 53 Russell road, W.
Northumberland, 10 & 11 Northumberland st., Strand, W.C.
Ogle's Grosvenor, 30 Park street, Grosvenor square, W.
Old Arundell, 2 to 4 Arundell-st., W.
Osmond's, 87 Strand, W.C.
Parish's, 6 & 7 George-street, Hanover square, W.
Park, 10 & 11 Park place, St. James's, S.W.
Parker's, 27, 28, & 29 Surrey st., W.C.
Pearce's, 10 & 11 Bury st., S.W.
Perkins's (private), 59 Liverpool-st., W.C.
Phoenix, 19 Prince's street, W.
Portland, 95, 97, & 99 Great Portland street, W.
Prince of Wales, 1 Eastbourne terrace, W.
Prince's Square, 75 Prince's sq., Bayswater, W.
Private Hotel, 18 and 19 Bayswater terrace, W.
Pulteney, 13 Albemarle street, W.
Queen's, St. Martins-le-Grand, E.C.
Queen's, Church road, Upper Norwood, S.E.
Queen's, Richmond Hill, Richmond, S.W.
Rawlings', 37 & 38 Jermyn st., S.W.
Rayment's 13 London Wall, E.C.
Red Lion, Barnet, N.
Ridler's, 133 Holborn, E.C.
Robertson's (private), 2 Norfolk street, W.C.
Roebuck, Richmond Hill, S.W.
Routly's (private), London street, Paddington, W.
Royal, 60 to 63 Rupert st., Coventry street, W.
Royal, Victoria Embankment, Blackfriars, E.C.
Royal Crystal Palace, Anerley rd., Upper Norwood, S.E.
Rugby, 19 Gt. James street, W.C.
Sackville, 28 Sackville st., Piccadilly, W.
Sainsbury's (private), 8 & 9 Arundel street, Strand, W.C.
St. George's, 32 to 34 Albemarle street, W.
St. James's, 77 Piccadilly, W.
St. James's Place, 17 St. James's place, S.W.
Salisbury, Salisbury square, E.C.
Saracen's Head, Snow Hill, E.C.
Seyd's, 39 Finsbury square, E.C.
Sherwood, 19 Adam street, W.C.
Ship, adjoining Pier, Greenwich S.E.
Shirley's (temperance), 37 Queen square W.C.
South Kensington, 37 & 39 Queen's Gate terrace, South Kensington S.W.
South Place, Finsbury, E.C.
Spread Eagle, High st., Wandsworth, S.W.
Star and Garter, Richmond
Star and Garter, Kew, S.W.
Surrey, 14 and 15 Surrey street, Strand, W.C.
Swiss, 42 Finsbury pavement, E.C.
Symonds', 34 Brook street, W
Talant's (private), 20 North Audley street, W.
Talbot, Richmond, S.W.
Taverner's (temp.), Hunter-street, W.C.
Tavistock, Piazzas, Covent garden W.C.
Temple, Arundel-st., Strand, W.
Terminus, London Bridge station S.E.
THACKERAY (temperance), 1 Montague-street, Russell-square W.C. (*see advertisement back of English map*)
Thomas's, 25 Berkeley square, W.
Three Nuns, 10 to 13 Aldgate High street, E.C.
Trafalgar, Greenwich, S.E.
Tranter's (temperance), 9 Bridgewater-square, Barbican, E.C.
United Club & Hotel, 24 Charles street, S.W.
Waterloo, 85 & 86 Jermyn st., S.W.
WATERLOO, 10 to 14 York road, Waterloo, is the nearest Hotel to the Waterloo Station, being within one minute of the arrival platform. Comfortable, convenient, moderate charges. Ladies' coffee room. Night porter
Watson's (private), London House Yard, St. Paul's, E.C
Waverley (temperance), 37 King street, Cheapside, E.C.
Weeks's, 49 Dover street, W.
West Central (temp), 97 to 103 Southampton Row, W.C.
Westcott's, 9 Old Bailey, E.C.

Northumberland Hotel

Date	Name	Address
24th September	Miss Jane Belmont	Harodeann House.
24th "	Mr Dogger Bean	S.S Andabun
24 September	Miss Anna Crystal	Ewart Field.
24th Sept.	Don Gomé Huago	c/o Rev. Ian Gough-Doone, Puddleprince
25th September	Mr Hibbard Crew	Eton Coll
25th September	Mr Daniel O'Brew	Eton Coll.
25 " "	Joshua Shamer	London
25th September	Sir Henry Baskerville	Baskerville Hall, Devonshire
25th September	Mr Theophilus Johnson & Family	Newcastle
25th September	Miss Oldmore & Maid	High Lodge, Alton

Mittwoch, 26. September, Forts.

Sherlock Holmes hatte die Fähigkeit, seinen Geist nach Belieben zu entspannen. Zwei Stunden lang war unsere sonderbare Angelegenheit vergessen, und er war völlig in die Bilder moderner belgischer Meister vertieft. Er sprach von nichts anderem als der Kunst, von der er sehr abseitige Vorstellungen hegte, bis wir uns im Northumberland-Hotel eingefunden hatten.

Das Meldebuch zeigte, daß nach dem Namen Baskerville noch zwei weitere eingetragen worden waren, und Holmes bekam - unter dem Vorwand, es seien vielleicht Bekannte - vom Portier heraus, daß sie im Hotel gut bekannt waren. Daher war unwahrscheinlich, daß es sich um die Leute handelte, hinter denen wir her waren, weil die genauso eifrig vermeiden mußten, erkannt zu werden, wie sie Sir Henry beschatteten.

Als wir die Treppe zu seinem Zimmer hinaufstiegen, stießen wir mit dem Baronet selbst zusammen, der einen alten, staubigen Schuh in der Hand hielt und dem die Zornesröte im Gesicht stand.

"Mir scheint, die wollen mich hier im Hotel zum Narren halten," rief er. "Wenn sie nicht aufpassen, werden sie feststellen, daß sie sich mit dem Falschen angelegt haben. Zum Donnerwetter, wenn der Kerl meinen fehlenden Stiefel nicht finden kann, gibt's Ärger. Ich verstehe Spaß wie jeder andere, aber diesmal sind sie zu ein bißchen zu weit gegangen."

Wir dachten, er würde immer noch nach seinem verlorenen braunen Stiefel suchen, doch handelte es sich jetzt um einen alten schwarzen Schuh, der verschwunden war. Holmes nahm die Sache plötzlich sehr ernst und erklärte, er sei nicht sicher, ob unter all den fünfhundert Fällen auf Leben und Tod, mit denen er sich befaßt hatte, auch nur ein einziger dermaßen tiefgründiger dabei gewesen sei. Aber er war zuversichtlich, daß einer der Trümpfe, die wir in der Hand hatten, uns zur Wahrheit führen werde.

es muß natürlich eine Menge gegeben haben, an denen ich nicht teilgenommen. und von denen zu berichten ich keine Chance hatte. J.W.

Sir Henry beruhigte sich, und wir hatten ein vergnügliches Mittagessen. Holmes unterstützte seinen Entschluß, am Wochenende nach Baskerville Hall zu fahren, und sagte, daß es schwierig sei, den Baronet

vor den Millionen Leuten der Großstadt zu schützen oder herauszufinden, was seine Verfolger im Schilde führten. Als Holmes den bärtigen Mann in der Droschke beschrieb, erzählte uns Mortimer von Sir Charles' Butler Barrymore, der einen dichten, schwarzen Bart trage.

Holmes gab sofort zwei Telegramme auf - eins an Barrymore und eins an den Postmeister in Grimpen, dem nächsten Telegraphenamt -, um herauszufinden, ob Barrymore auf seinem Posten in Devonshire war oder nicht. Laut Mortimer war dieser Mann der Sohn des alten, verstorbenen Hausmeisters, und die Barrymores kümmerten sich seit vier Generationen um Baskerville Hall. Dem Vernehmen nach seien er und seine Frau eines der ehrenwertesten Paare in der Grafschaft.

Holmes sagte, solange niemand aus der Familie im Haus wohne, hätte das Paar ein schönes Heim und nichts zu tun. Er fragte Mortimer, ob Barrymore in Sir Charles' Testament bedacht worden sei.

"Er und seine Frau bekommen je fünfhundert Pfund."

"Wußten sie, was sie kriegen würden?"

"Sir Charles sprach gerne über sein Testament. Ich hoffe," sagte Dr. Mortimer, "daß Sie nun nicht jeden, dem Sir Charles etwas hinterlassen hat, verdächtigen. Mir hat er auch tausend Pfund vermacht."

"Tatsächlich! Und sonst noch jemandem?"

"Viele Leute haben unbedeutende Summen erhalten, und auch eine Menge Wohlfahrtseinrichtungen. Der Rest ging an Sir Henry."

"Und auf wieviel belief sich der Rest?"

"Auf siebenhundertvierzigtausend Pfund. Niemand wußte, daß Sir Charles so reich war, bis wir seine Wertpapiere prüften. Der Gesamtwert des Nachlasses betrug fast eine Million." Ein Einsatz, für den man wohl ein hohes Spiel wagt.

"Wenn - verzeihen Sie die unerfreuliche Hypothese - unserem jungen Freund etwas zustieße: Wer würde das Vermögen erben?"

"Da Charles' jüngerer Bruder Rodger unverheiratet starb, fiele das Vermögen an einen entfernten Vetter, James Desmond, ein älterer Geistlicher in Westmoreland - eine ehrwürdige Erscheinung mit beinahe heiligem Lebenswandel. Er hat Sir Charles einmal besucht, wollte aber keine Rente annehmen, obwohl sie ihm aufgedrängt wurde."

Mortimer erklärte, daß Desmond Gut und Geld erben würde, wenn der derzeitige Eigentümer nicht anders darüber verfüge. Sir Henry sagte, er habe noch nicht die Zeit gefunden, sein Testament aufzusetzen, sei aber der Meinung, daß das Geld zu Titel und Gut gehöre, damit der Besitzer den alten Glanz der Baskervilles wieder herstellen könne. Haus, Land und Dollars sollten zusammenbleiben, sagte er.

Nachdem er zugestimmt hatte, daß Sir Baskerville unverzüglich nach Devonshire aufbrechen solle, meinte Holmes, er solle einen vertrauenswürdigen Gefährten mitnehmen, der ihm nicht von der Seite wiche. Mortimer mußte sich um seine eigene Praxis kümmern, und sein Haus lag mehrere Meilen von der Hall entfernt. Holmes selbst konnte seine ausgedehnte Praxis nicht verlassen, da ihn zur Zeit von vielen Seiten ständig Hilfeersuchen erreichten. Ich selbst war es, den er vorschlug, denn es gäbe keinen Besseren, den er zur Seite haben wolle, wenn er in der Klemme stecke, sagte Holmes.

Gerade zu dieser Zeit wurde einer der angesehensten Namen Englands von einem Erpresser in den Schmutz gezogen, und nur ich konnte einen katastrophalen Skandal verhindern.

Bevor ich meine Überraschung überwunden hatte und Einwände erheben konnte, schüttelte mir Baskerville kräftig die Hand, und es gab kein Zurück mehr. Ich gebe zu, daß die Aussicht auf ein Abenteuer mich schon immer fasziniert hat, und Holmes' Worte sowie der Eifer, mit dem der Baronet mich als Begleiter begrüßte, hatten mir geschmeichelt. Wir vereinbarten, uns am Samstag um halb elf am Bahnhof Paddington zu treffen.

Als wir gerade gehen wollten, tauchte Baskerville in eine Ecke und holte einen braunen Schuh hervor. Mortimer und er waren völlig verblüfft. Sie sagten, sie hätten vor dem Essen den Raum Zoll für Zoll abgesucht. Der deutsche Kellner beteuerte, nichts von der Sache zu wissen. So fügte sich den kleinen Geheimnissen ein weiteres an.

Ich wünschte, alle Schwierigkeiten würden so schnell verschwinden.

Den ganzen Abend und bis spät in die Nacht saß Holmes in Tabakqualm und Gedanken versunken in Baker Street. Unmittelbar vor dem Dinner kamen zwei Telegramme an, mit denen sofort zwei der Fäden zerrissen, die Holmes verfolgt hatte. Eines war von Baskerville und eines von Cartwright. Da klingelte es an der Tür; ein vierschrötiger Kerl trat ein und stellte sich als John Clayton vor, den Kutscher der Droschke

Nichts ist stimulierender als ein Fall, bei dem alles schiefgeht.

John Clayton, 2 Turpey Street, The Borough; Kutscher aus Shipley's Stallungen bei der Waterloo Station

Nr. 2704. Er war selbst gekommen, um herauszufinden, was wir gegen ihn hatten, denn er lenkte seine Kutsche seit sieben Jahren und hatte nie ein Wort der Beschwerde gehört.

Holmes sagte, er hätte einen halben Sovereign für ihn, wenn er ihm etwas über den Fahrgast berichten könne, der morgens Baker Street beobachtet hatte und dann zwei Gentlemen die Regent Street hinab gefolgt war. Clayton war von Holmes Wissen überrascht und wurde verlegen. Sein Fahrgast hatte ihm gesagt, er sei Detektiv, und er dürfe niemandem etwas von ihm erzählen. Er hatte die Droschke um halb zehn am Trafalgar Square bestiegen und Clayton zwei Guineen angeboten, wenn er den ganzen Tag genau das tue, was von ihm verlangt werde, und keine Fragen stelle. Der Kutscher war der Droschke der beiden Gentlemen vom Northumberland-Hotel bis Baker Street gefolgt und hatte hier anderthalb Stunden gewartet. Dann war er ihnen ein Stück weit die Regent Street hinab gefolgt, bis der Fahrgast ihm plötzlich befohlen habe, so schnell wie möglich zur Waterloo Station zu fahren. Der Mann hatte seine zwei Guineen bezahlt und Clayton gesagt, er habe Mr. Sherlock Holmes gefahren.

Holmes war völlig verdattert. Der Kutscher konnte nur angeben, daß sein Fahrgast etwa vierzig Jahre alt gewesen sei, mittelgroß (zwei oder drei Zoll kleiner als Holmes), wie ein Stutzer gekleidet, einen viereckig getrimmten Bart getragen und eine blasse Gesichtsfarbe gehabt habe. Holmes dankte ihm und gab ihm seinen halben Sovereign. Clayton schmunzelte über sein Glück und verabschiedete sich, während Holmes reumütig zugab, auch sein dritter Faden sei gerissen, und wir stünden wieder da, wo wir angefangen hätten.

Ein Treffer, Watson, unleugbar ein Treffer. Ich spürte, daß ich an eine Klinge geraten war, die ebenso rasch und biegsam war wie meine eigene.

"Der gerissene Schurke hat mich erkannt, gefolgert, daß ich seinen Kutscher ausfindig machen würde, und mir diese freche Botschaft zukommen lassen," sagte Holmes. "Ich bin in London mattgesetzt worden. Ich hoffe, daß Sie in Devonshire mehr Glück haben. Das ist eine häßliche Geschichte."

Das war endlich mal ein Gegner!

Ich lachte, aber es berührte mich doch, als er sagte, er sei froh, wenn ich wieder heil und gesund in Baker Street zurück sei.

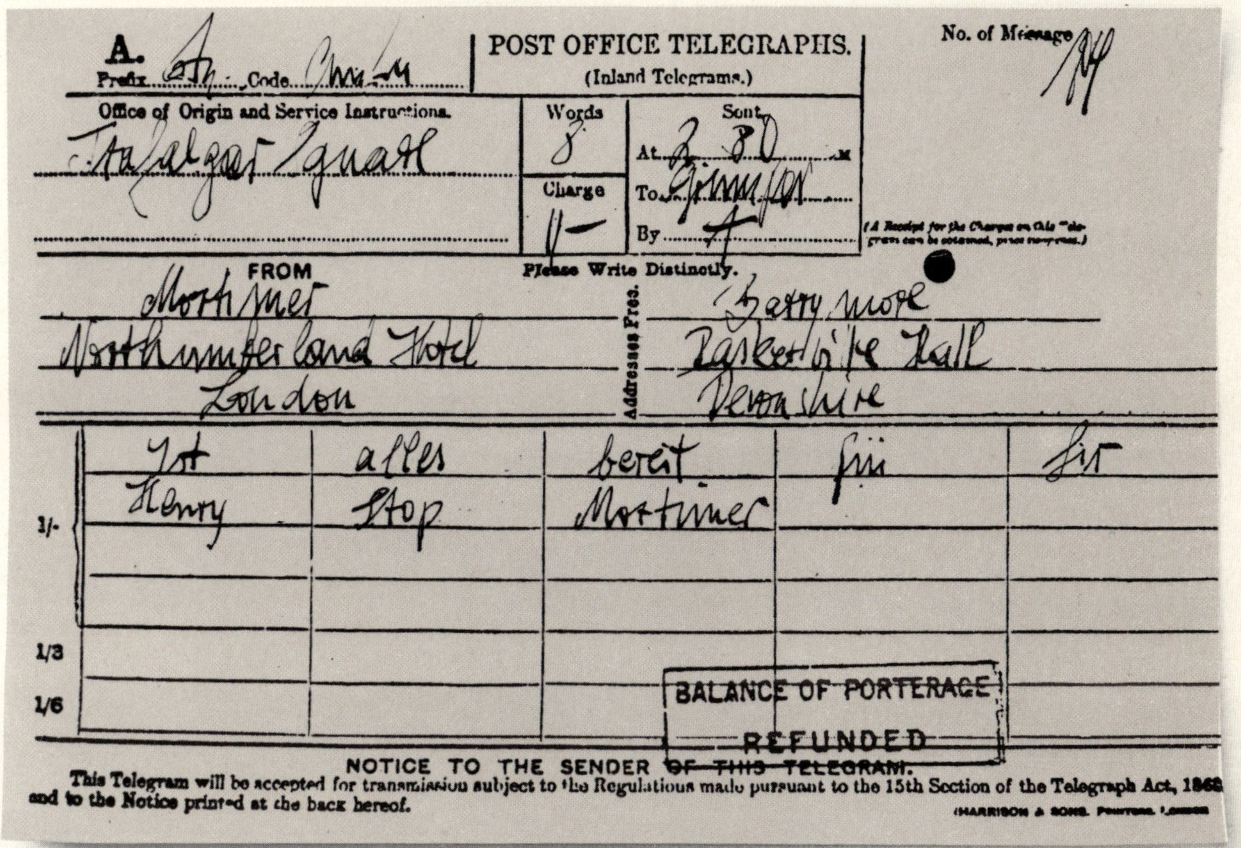

A.
Prefix Sth. Code Chm...

POST OFFICE TELEGRAPHS.
(Inland Telegrams.)

No. of Message 84

Office of Origin and Service Instructions.
Trafalgar Square

Words 8
Charge 1/-

Sent
At 2 30 M
To Grimpen
By ...

(A Receipt for the Charges on this Telegram can be obtained, price one penny.)

FROM
Mortimer
Northumberland Hotel
London

Please Write Distinctly.

Addresses Free.
Barrymore
Baskerville Hall
Devonshire

Ist	alles	bereit	für	Sir
Henry	Stop	Mortimer		

3/-
1/3
1/6

BALANCE OF PORTERAGE
REFUNDED

NOTICE TO THE SENDER OF THIS TELEGRAM.
This Telegram will be accepted for transmission subject to the Regulations made pursuant to the 15th Section of the Telegraph Act, 1863 and to the Notice printed at the back hereof.

(HARRISON & SONS, PRINTERS, LONDON

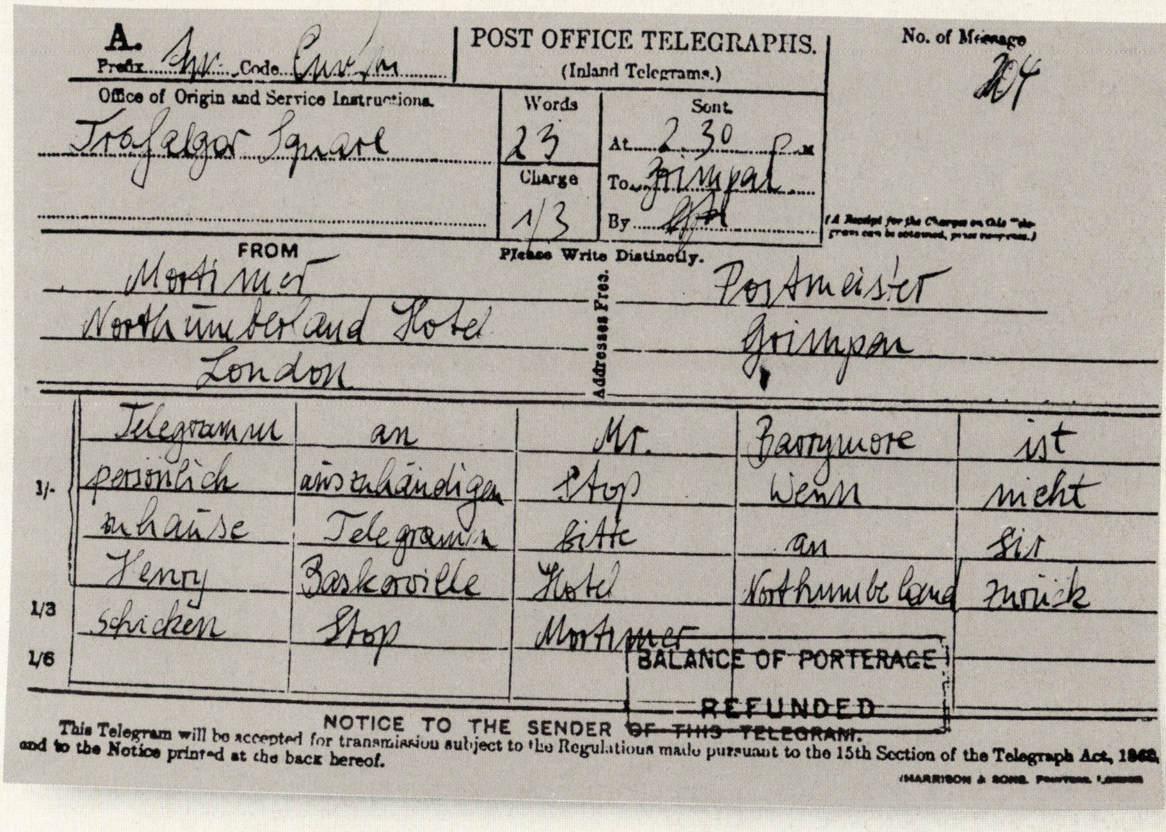

A. Prefix Sgv. Code Curv...

POST OFFICE TELEGRAPHS.
(Inland Telegrams.)

No. of Message 24

Office of Origin and Service Instructions.
Trafalgar Square

Words: 23
Charge: 1/3

Sent
At 2.30 p.m.
To Grimpal
By ...

(A Receipt for the Charges on this Telegram can be obtained, price one penny.)

FROM
Mortimer
Northumberland Hotel
London

Please Write Distinctly.

Addressee Free.
Postmeister
Grimpen

	Telegramm	an	Mr.	Barrymore	ist
1/-	persönlich	auszuhändigen	Stop	Wenn	nicht
	zuhause	Telegramm	bitte	an	Sir
	Henry	Baskerville	Hotel	Northumberland	zurück
1/3	schicken	Stop	Mortimer		
1/6					

BALANCE OF PORTERAGE
REFUNDED

NOTICE TO THE SENDER OF THIS TELEGRAM.
This Telegram will be accepted for transmission subject to the Regulations made pursuant to the 15th Section of the Telegraph Act, 1868, and to the Notice printed at the back hereof.

(HARRISON & SONS, Printers, London)

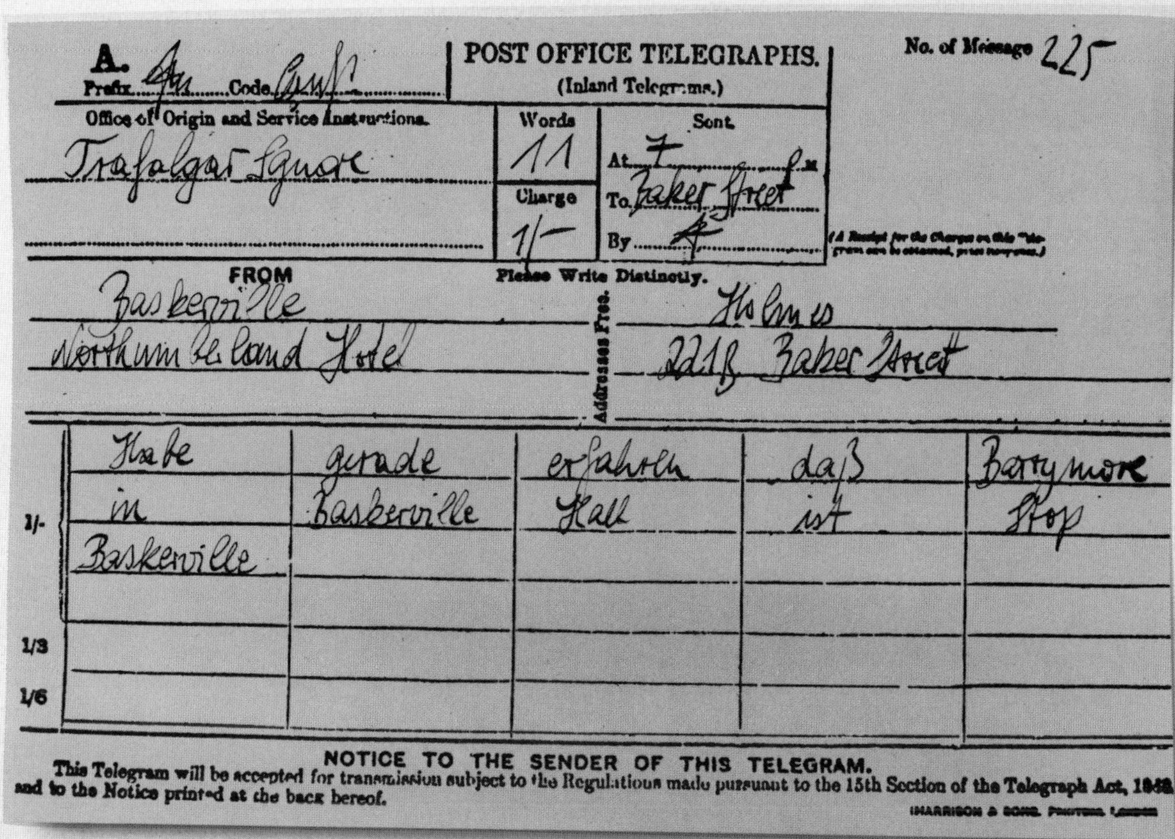
A. Prefix ... Code ...

POST OFFICE TELEGRAPHS.
(Inland Telegrams.)

No. of Message 225

Office of Origin and Service Instructions.	Words	Sent
Trafalgar Square	11	At 7 p.m.
	Charge	To Baker Street
	1/-	By ...

(A Receipt for the Charges on this Telegram can be obtained, price one penny.)

FROM
Baskerville
Northumberland Hotel

Please Write Distinctly.

Addresses Free.

Holmes
221B Baker Street

	Habe	gerade	erfahren	daß	Barrymore
1/-	in	Baskerville	Hall	ist	Stop
	Baskerville				
1/3					
1/6					

NOTICE TO THE SENDER OF THIS TELEGRAM.
This Telegram will be accepted for transmission subject to the Regulations made pursuant to the 15th Section of the Telegraph Act, 1868, and to the Notice printed at the back hereof.

HARRISON & SONS, PRINTERS, LONDON

A. Prefix G.P. Code [illegible]

POST OFFICE TELEGRAPHS.

(Inland Telegrams.)

No. of Message [illegible]

Office of Origin and Service Instructions.

Regent Street

Words	Sent
20	At 6.30 p.m
Charge	To Baker Street
1/-	By [illegible]

(A Receipt for the Charges on this Telegram can be obtained, price twopence.)

Please Write Distinctly.

FROM	Addresses Pres.
Cartwright	Holmes
Regent Street Office	121 B Bakerstreet

	Wie	befohlen	dreiundzwanzig	Hotels	abgesucht
3/-	muß	leider	berichten	daß	leider
	nicht	möglich	zerschnittene	Seite	aus
	Times	zu	finden	Stop	Cartwright
1/3					
1/6					

BALANCE OF PORTERAGE REFUNDED

NOTICE TO THE SENDER OF THIS TELEGRAM.

This Telegram will be accepted for transmission subject to the Regulations made pursuant to the 15th Section of the Telegraph Act, 1869, and to the Notice printed at the back hereof.

HARRISON & SONS, PRINTERS, LONDON

Donnerstag, 27. September

Heute bei Mrs. Forrester gewesen und weiß nicht, ob sie oder ihre schöne Gefährtin oder gar Mrs. Hudson mich mit dem kältesten Blick dafür bestraft hat, daß ich Holmes' Vorschlag, Mortimer Baskerville nach Devonshire zu begleiten, zugestimmt habe! Mrs. H. hat unverhohlen meine zukünftigen Pflichten erwähnt und erklärt, ich sollte meine Zeit damit verbringen, mich nach einem neuen Heim und einer Praxis umzusehen, um meinem künftigen Status gerecht werden zu können. Die anderen beiden Damen haben nichts gesagt – was noch vernichtender ist! Ich weiß nicht recht, warum ich mit Holmes' Plan einverstanden war – vielleicht weil es mir endlich einmal geschmeichelt hat? Ich habe angekündigt, daß meine Reise nur ein paar Tage dauert. Überzeugt waren sie nicht.

Nach meinem Besuch in Camberwell ging ich zu den Bädern auf der Northumberland Avenue und dann in den Club, um mich in etwas vernünftigerer, männlicher Gesellschaft zu beruhigen, bevor ich in das Heiligtum der Baker Street zurückkehrte. Nicht länger mehr ein Heiligtum! Mrs. Hudsons gute Ratschläge verfolgten mich noch die Treppe hinauf.

Freitag, 28. September
Ging zum Strand, um bei G. H. Harris's Schuh- und Stiefelladen nachzufragen, ob sie den Kauf eines Paares brauner Stiefel von Sir Henry Baskerville am Dienstag bestätigen könnten. Ich wollte jedes Detail überprüfen, damit mich Holmes nicht wieder so hereinlegt wie mit Mortimers Spazierstock. Sie erinnerten sich an Sir Henry und den Verkauf.
Mein argwöhnischer Geist klammert sich an eine Reihe unerklärlicher Geheimnisse – der Brief in Zeitungsbuchstaben, der schwarzhaarige Spion in der Droschke, der Verlust des neuen braunen Stiefels, das Auftauchen des neuen braunen Stiefels. Zu der Liste der Verdächtigen gehören die Barrymores von Baskerville Hall, der Stallknecht Perkins, das Küchenmädchen, die beiden Moorbauern, unser Freund Dr. Mortimer und seine Frau, der Naturforscher Stapleton und seine Schwester, die eine attraktive junge Frau sein soll, Mr. Frankland von Lafter Hall, und sogar Sir Henry selbst. – denn keiner von uns weiß irgendetwas über den Mann, der lange Jahre für seine Familie und sein Heimatland ein Fremder gewesen ist.

Samstag, 29. September

Heute morgen fuhr Holmes mit mir zum Bahnhof. Er war voller Abschiedsratschläge: Ich solle mich darauf konzentrieren, ihm die Tatsachen zu berichten, insbesondere von den Beziehungen zwischen dem jungen Baskerville und seinen Nachbarn, und jegliche neuen Einzelheiten über den Tod von Sir Charles. Er riet mir, meinen Revolver Tag und Nacht bei mir zu tragen und meine Wachsamkeit nie sinken zu lassen.

Mortimer und Baskerville hatten bereits ein Erster-Klasse-Abteil reserviert. Mortimers einzige Neuigkeit bestand darin, daß Sir Henrys anderer Schuh nicht wieder aufgetaucht war, aber er schwor, in den letzten beiden Tagen habe sie niemand beschattet. Sie waren die ganze Zeit bis auf gestern nachmittag zusammengewesen, als Mortimer ins Museum des Chirurgenkollegiums gegangen war und Baskerville in den Park, um sich die Leute anzuschauen.

Die Reise verlief schnell und angenehm. Ich machte mich mit meinen Gefährten besser vertraut und spielte mit Mortimers Spaniel. Nach wenigen Stunden wurde die braune Erde rötlich, die Ziegel zu Bruchstein, und rote Kühe grasten auf heckengesäumten Weiden, deren üppiges Gras und saftige Vegetation von einem milderen, wenn auch feuchteren Klima zeugten. Baskerville war entzückt, als er die vertraute Landschaft von Devon wiedererkannte. Er hatte die Hall selbst noch nie gesehen, denn als sein Vater starb, war er ein kleiner Junge, und sie hatten in einem kleinen Cottage an der Südküste gewohnt. Später war er einem Freund nach Amerika gefolgt. Mortimer stimmte mir zu, daß die Leute von Devonshire so einzigartig sind wie die Landschaft selbst, und verwies auf die keltische Begeisterungsfähigkeit und Anhänglichkeit, die in Sir Henrys rundem Keltenschädel zutage trete.

Baskerville war vom ersten Anblick des Moors tief beeindruckt. Über den grünen Rechtecken der Felder und der niedrigen Kontur eines Waldes erhob sich in der Ferne, verschwommen und vage, ein grauer, melancholischer Hügel mit seltsam zerklüftetem Gipfel, wie eine phantastische Traumlandschaft. Sir Henry saß lange da, sein Blick war darauf fixiert, und ich konnte an seinem angespannten Gesicht ablesen, wieviel

ihm dieser erste Anblick der merkwürdigen Gegend bedeutete, die die Menschen seines Blutes solange besessen und in der sie so tiefe Spuren hinterlassen hatten. Da saß er, mit seinem Tweed-Anzug und seinem amerikanischen Akzent, in der Ecke eines prosaischen Eisenbahn-Abteils, und doch fühlte ich beim Betrachten seines dunklen, ausdrucksvollen Gesichts stärker denn je, daß er ein echter Nachkomme jener langen Reihe heißblütiger, feuriger und herrischer Männer war. Wenn auf jenem unheilvollen Moor ein gefährliches Abenteuer unserer harrte, war dies zumindest ein Kamerad, für den man ein Risiko eingehen konnte in der Gewißheit, daß er es tapfer teilen würde.

Der Zug hielt an einer kleinen Station an der Straße und wir stiegen alle aus, um vom Stationsvorsteher und den Trägern begrüßt zu werden und den Kutscher mit einem kleinen Zweispänner vorzufinden. An der Sperre standen zwei soldatisch wirkende Männer in dunklen Uniformen, die sich auf ihre kurzen Gewehre lehnten und uns scharf beäugten, als wir hindurchgingen. Aber bald flogen wir schnell durch die wogenden Weidegründe, hinter denen sich die langgestreckte, düstere Kontur des Moores, unterbrochen von gezackten und bedrohlichen Hügeln, gegen den Abendhimmel abzeichnete.

ein kleiner, knorriger Mann mit harten Gesichtszügen JH

Der Wagen rollte durch jahrhundertelang von Rädern eingekerbte Spuren, zu beiden Seiten hohe, mit tropfnassem Moos und üppigem Hirschfarn überwucherten Böschungen. Rostbrauner Adlerfarn und buntes Brombeergestrüpp schimmerten im Licht der sinkenden Sonne. Immer noch hügelan, überquerten wir eine schmale Steinbrücke und fuhren einen rauschenden Bach entlang, der tosend zwischen den grauen Felsen hinabschäumte.

An einer Stelle erblickten wir auf dem Grat eines Steilhanges im heideüberwucherten Land einen berittenen Soldaten mit dem Gewehr in Anschlag, der die Straße beobachtete. Perkins, der Kutscher, sagte, ein Sträfling sei vor drei Tagen aus Princetown entkommen und Posten würden jede Straße und jeden Bahnhof überwachen. Man hatte eine Belohnung von fünf Pfund für Informationen ausgesetzt, aber die Bauern hatten Angst, die Kehle aufgeschlitzt zu bekommen, denn der Sträfling war

ein gewisser Selden, der berüchtigte Mörder von Notting Hill. Ich erinnerte mich gut an seinen Fall, weil Holmes sich dafür interessiert hatte.

Wegen der seltsamen Grausamkeit der Verbrechen und der willkürlichen Brutalität, die alle seine Taten auszeichnete.

Ein kalter Wind pfiff über das Moor hinab und ließ uns frösteln. Irgendwo auf dieser öden Ebene lauerte jener Unhold, in einer Höhle versteckt wie ein wildes Tier, das Herz voller Zorn auf das ganze Menschengeschlecht, das ihn geächtet hatte. Sogar Baskerville wurde schweigsam, während der Weg trister und wilder wurde über den langen braunen und olivgrünen Hängen, die mit klobigen Felsen übersät waren. Plötzlich blickten wir in eine tassenförmige Senke hinab, deren verkrüppelte Eichen und Kiefern vom jahrelangen Sturmeswüten verformt und geknickt waren. Zwei hohe, schmale Türme erhoben sich über die Wipfel. Der Kutscher deutete mit seiner Peitsche auf Baskerville Hall.

Oder waren es Kamine? J.W.

Die Parktore waren ein schmiedeeisernes Geflecht aus phantastischen Ornamenten zwischen verwitterten Säulen, von Flechten bedeckt und gekrönt vom Eberkopf der Baskervilles. Das Gutshaus selbst war eine Ruine aus schwarzem Granit und blankem Holzgerippe, doch gegenüber stand ein neues, halbfertiges Gebäude, die erste Frucht von Sir Charles' südafrikanischem Gold. Wir durchquerten den düsteren Tunnel der Allee, und Sir Henry schauderte es. Das Haus selbst war dunkel, hatte schwere Fenster und hohe Kamine.

Er schwor, es würde ihn binnen sechs Monaten mit elektrischem Licht von 1000 Kerzen Leuchtkraft von Swan & Edison erhellen. J.W.

Wir wurden von Barrymore und seiner Frau empfangen. Er war ein Mann von bemerkenswertem Äußeren, groß, gutaussehend, mit einem eckigen, schwarzen Bart und blassen, vornehmen Gesichtszügen. Mortimer ließ uns in ihrer Obhut und fuhr mit seinem Wagen in sein eigenes Haus zurück. Wir traten in die Halle, und die Tür fiel schwer hinter uns ins Schloß. Die Halle selbst war geräumig und mit gewaltigen, vom Alter geschwärzten Eichenbalken ausgesteift. In dem großen, altmodischen Kamin hinter den hohen Feuerböcken prasselte und knisterte ein Feuer. Wir starrten auf das hohe, schmale Fenster aus altem Buntglas, die Eichen-Täfelung, die Hirschgeweihe und die Wappenschilder an den Wänden, die alle im gedämpften Licht des Leuchters in der Mitte düster und ernst wirkten.

Sir Henry würde ehrfürchtig bei dem Gedanken, daß dies dieselbe Halle war, in der seine Leute seit fünfhundert Jahren lebten. J.W.

Barrymore teilte uns mit, das Dinner sei in ein paar Minuten fertig. Etwas unvermittelt sagte er dann zu Sir Henry, seine Frau und er würden sich glücklich schätzen, in Baskerville Hall zu bleiben, bis der Baronet neue Arrangements getroffen hätte, aber das Paar sei von Sir Charles' Tod so schockiert, daß sie sich in der Hall nicht mehr wohlfühlen würden. Sir Charles' Großzügigkeit hätte sie mit den nötigen Mitteln versehen, sich mit irgendeinem Geschäft selbständig machen zu können.

Ich bemerkte Zeichen der Erregung im blassen Gesicht des Butlers, als er uns unsere Zimmer zeigte – eine Doppeltreppe hinauf auf eine Galerie, die den oberen Teil der alten Halle umgab. Von diesem zentralen Punkt erstreckten sich zwei lange Flure durch die ganze Länge des Gebäudes, von denen alle Schlafzimmer abgingen. Unsere Zimmer lagen fast nebeneinander und wirkten viel moderner und heller als der Mittelteil des Hauses, aber das Eßzimmer, das von der Halle abging, war ein Ort des Schattens und der Finsternis, eine längliche Kammer mit einem Podest am einen Ende und einer Galerie für die Spielleute am anderen, mit schwarzen Balken und einer rauchgeschwärzten Decke. Eine verblaßte Ahnengalerie – vom elisabethanischen Ritter bis zum Regency-Stutzer – starrte auf uns hinab.

Besser für ein mittelalterliches Bankett mit flackernden Fackeln und derben Späßen geeignet als für zwei schwarzgekleidete Gentlemen, die sich mit gedämpfter Stimme unterhielten. J.W.

Ich war froh, als wir uns in den modernen Billardsaal zurückzogen, um eine Zigarette zu rauchen. Sir Henry erging es ebenso, und er sagte, am Morgen werde die Sache wohl etwas freundlicher aussehen. Bevor ich zu Bett ging, zog ich den Vorhang beiseite und konnte durch die rauschenden Bäume im Schein des Halbmonds den schartigen Felsengrat und die langgestreckte, niedrige Kontur des melancholischen Moores erkennen. Müde, aber schlaflos warf ich mich im Bett hin und her und hörte, wie die Kaminuhr in weiter Ferne die Viertelstunden in die Stille schlug. Und dann hörte ich plötzlich mitten in der Nacht deutlich das Schluchzen einer Frau – ein unterdrücktes, würgendes Ächzen. Das Geräusch kam mit Sicherheit aus dem Haus, doch obwohl ich noch eine halbe Stunde gespannt lauschte, hörte ich nichts mehr außer dem Schlagen der Kaminuhr und dem Rascheln des Efeus an der Mauer.

Metropolitan and Hammersmith Line: Time on Journey to Paddington	FROM	A.
[illegible] Minutes	Moorgate / Mark Lane	Trains about every 10 min.
[illegible]	Aldgate, Bishopsgate, Moorgate Street, Aldersgate Street, Farringdon Street, King's Cross, Gower Street, Portland Road, Baker Street, Edgware Road	Trains run from these Stations to Paddington (Bishop's Road or Praed Street) about every five minutes throughout the day.

Time on Journey to Westbourne Park (Paddington 4 min. extra)	FROM	A
10 Minutes	Hammersmith	Trains run from these Stations to Westbourne Park and Paddington (Bishop's Road) about every ten minutes. (see pages 1? & 15.)
7 "	Shepherd's Bush	
5 "	Latimer Road	
2 "	Notting Hill & Ladbroke G.	
— "	Westbourne Park	
2 "	Royal Oak	

WEEK DAYS.—All Trains are 1, 2, 3 Class, unless otherwise shown.

Page	DOWN TRAINS.		Times (train columns B, D, C, C, C, C, S, C, 1&2, F)
	LONDON (Paddington) A	dep.	5 30 · 6 0 · 6 25 · 7 35 · 8 0 · 9 0 · 8 35 · 9 5 · 10 0 · 10 20 · 10 30 · 10 40 · 11 45 · 12 0
16,17	Westbourne Park	"	6 4 · 7 38 · 8 4 · 8 38 · 9 9 · 10 4 · 10 24 · 10 10 · 10 44 · 12 3
	Acton	"	6 12 · 7 47 · 8 12 · 8 46 · 10 17
18,21	Ealing (Broadway)	"	6 16 · 7 52 · 8 16 · 8 51 · 9 20 · 10 21 · 10 53
	Castle Hill (Ealing Dean)	"	6 20 · 7 55 · 8 54 · 10 24
	Hanwell	"	6 23 · 8 0 · 8 57 · 10 27
14,15	Via Southall (Victoria (L.C. & D.)	dep.	[illegible]
18,21	(Knsngtn. (Addsn. Rd.)	"	8 10 · 10 15
	Brentford	dep.	9 15
	Southall	dep.	6 32 · 8 8 · 9 22 · 9 25 · 10 32
	Hayes	"	6 34 · 8 31 · Stop · 10 37
	Staines	dep.	8 5 · 9 15 · 10 20
	Uxbridge	dep.	8 20 · 9 30 · 10 35
18,21	West Drayton	"	6 40 · 6 47 · 8 37 · 9 38 · 10 43
	Langley	"	8 43 · 10 49
18,21	Windsor	dep.	8 32 · 9 40 · 10 30 · 10 50 · 10 50
	Slough	dep.	6 1 · 7 0 · 8 52 · 9 51 · 10 56 · 11 5 · 11 15
	Taplow	"	9 2 · 10 1 · 11 5 · 11 25
18,23	Maidenhead (Wycombe Line J.)	"	7 15 · 9 10 · 10 8 · 11 10 · 11 18 · 11 31
18,23	Twyford (for Henley)	"	7 30 · 9 24 · 10 19 · 11 33 · 11 46
32,44	READING (for Basingtoke,	arr.	6 29 · 7 42 · 9 35 · 9 48 · 10 28 · 10 55 · 11 15 · 11 45 · 11 58 · 1 0
	Hungerford and Devizes)	dep.	6 34 · 7 47 · 8 45 · 9 50 · 10 15 · Stop · Stop · 11 20 · 11 25 · 11 50 · 1 5
	Tilehurst	"	8 52 · 10 26 · 11 32
	Pangbourne	"	8 59 · 10 35 · 11 38
	Goring	"	9 7 · 10 43 · 11 46
	Moulsford	"	9 15 · 11 54
	Wallingford	dep. / arr.	8 30 · 9 30 · 11 35 · 12 5
56,62	Didcot Junction (for Birmingham and the North)	arr.	7 0 · 8 12 · 9 25 · 10 14 · 12 5 · 12 18
54,57		dep.	7 5 · Stop · 9 33 · 10 18 · 12 25 · 12 23
	Steventon	"	9 41 · 1 3
	Wantage Road	"	9 51 · 1 12
	Challow	"	10 1 · 1 22
	Uffington	"	10 10 · 1 31
	Faringdon	dep. / arr.	9 25 · 10 30 · 1 10 · 2 25
	Shrivenham	dep.	10 23 · 1 42
34	SWINDON J. (for Glo'ster,	arr.	7 41 · 10 55 · 10 50 · 12 20 · 1 55 · 1 0 · 1 12 · 2 10
	Hereford and South Wales)	dep.	6 0 · 7 51 · 9 10 · 9 50 · 10 55 · 11 5 · 12 30 · 12 38 · Stop · 1 30 · 1 22 · 2 25 · 3 5
	Wootton Bassett	"	6 11 · 9 22 · 11 17 · 1 44 · 3 17
36	Dauntsey (for Malmesbury)	"	9 32 · 11 29 · 1 56 · 3 27
44	Chippenham (for Weymh. Line)	"	6 29 · 8 18 · 9 45 · 10 15 · 11 42 · 12 55 · 1 2 · 2 12 · 2 50 · 3 42
	Calne	dep. / arr.	7 45 · 8 35 · 9 10 · 10 10 · Stop · 12 40 · 12 50 · 1 35 · 2 35 · Stop
	Corsham	dep.	8 40 · 9 55 · 11 52 · 2 22
	Box	"	8 50 · 10 3 · 11 59 · 2 33
64	Bathampton	"	7 58 · 10 12 · 11 4 · 12 7
	BATH	"	6 30 · 8 38 · 8 59 · 10 10 · 10 18 · 11 9 · 11 35 · 12 12 · 1 18 · 1 30 · 2 45 · 1 58 · 3 5
	Twerton	"	6 35 · 9 15 · 10 15 · 12 21 · 1 37
	Saltford	"	6 42 · 9 22 · 10 30 · 12 30 · 1 44
	Keynsham	"	6 50 · 9 30 · 10 39 · 12 40 · 1 52
	Stapleton Road (Bristol)	"	1 45
46,47	BRISTOL (Temple Meads)	arr.	7 0 · 8 48 · 9 40 · 10 45 · 11 30 · 12 0 · 12 25 · 12 50 · 2 23 · 3 10 · 2 21 · 3 27
		dep.	6 15 · 7 25 · 9 17 · 9 30 · 10 10 · 10 55 · 12 10 · 12 35 · 1 45 · 3 30 · 2 26 · 3 0
40	Portishead	arr.	7 42 · 11 45 · 1 20 · 3 45 · 3 15
	Clevedon	"	8 21 · 9 52 · 10 30 · 11 40 · 1 21 · 2 30 · 4 23 · 3 38
40	Wells	"	10 52 · 12 35 · 2 5 · 5 10 · 3 10
	Weston-Super-Mare	"	8 10 · 10 5 · 11 44 · 1 23 · 2 35 · 4 12 · 3 40
	Highbridge	"	6 57 · 8 35 · 10 5 · 10 25 · 12 11 · 1 53 · 4 35 · 4 9
	Bridgwater	"	7 11 · 8 51 · 10 20 · 12 30 · 2 13 · 4 58 · 4 21
	Taunton	"	6 55 · 7 37 · 9 17 · 10 48 · 12 55 · 1 13 · 1 40 · 2 40 · 5 26 · 3 17
40	Barnstaple	"	9 50 · 1 15 · 3 6 · 3 8 · 5 30 · 5 60 · 5 30
40	ILFRACOMBE	"	12 52 · 2 23 · 4 15 · 4 15 · 6 47 · 6 47
40	Bideford	"	11 50 · 1 53 · 3 46 · 6 10 · 6 10
40	Torrington	"	11 43 · 2 7 · 4 0 · 6 22 · 6 22
40	Chard	"	12 12 · 12 10 · 3 25 · 3 25 · 5 37
40	Minehead	"	9 15 · 12 35 · 3 5 · 3 5 · 5 13
	Wellington	"	7 15 · 9 41 · 11 8 · 1 54 · 3 49 · 5 49
	Tiverton	"	8 37 · 10 25 · 12 15 · 4 32 · 6 30
40	EXETER	arr.	8 15 · 8 32 · 10 40 · 11 50 · 2 8 · 4 55 · 6 35 · 4 0
		dep.	8 40 · 10 50 · 11 58 · 2 18 · 5 10 · 7 30 · 4 10
	Starcross	arr.	9 1 · 11 14 · 12 19 · 2 35 · 5 34 · 7 52
	Dawlish	"	9 11 · 11 24 · 12 29 · 2 45 · 5 46 · 8 2 · 4 30
	Teignmouth	"	9 21 · 11 33 · 12 38 · 2 55 · 5 55 · 8 11 · 4 39 · 5 10
41	Newton Abbot	"	9 31 · 11 43 · 12 48 · 3 5 · 6 5 · 8 21 · 4 48
41	Moretonhampstead	"	12 39 · 12 39 · 9 15 · 6 12
41	TORQUAY	"	10 6 · 12 18 · 1 20 · 3 33 · 6 50 · 8 52 · 5 9
41	Paignton	"	10 18 · 12 29 · 1 33 · 3 41 · 6 57 · 9 0 · 5 16
	Dartmouth	"	10 55 · 1 2 · 2 5 · 3 80 · 7 35 · 9 30 · 5 47
41	Totnes	"	9 58 · 12 9 · 1 13 · 3 31 · 6 58 · 8 50 · 5 29
	Plympton	"	1 12 · 2 10 · 4 22 · 7 53 · 9 44 · 5 49 · 6 27
	North Road	"	1 14 · 2 13 · 4 24 · 7 55 · 9 45 · 6 29
41	PLYMOUTH	"	10 46 · 1 30 · 2 20 · 4 30 · 8 1 · 9 52 · 6 5 · 6 25
	Devonport	"	11 7 · 2 47 · 5 7 · 8 19 · 6 10 · 6 51
41	Princetown	"	12 37 · 7 47 · 7 47
41	Tavistock	"	12 16 · 3 30 · 6 52 · 9 20 · 6 52
41	Launceston	"	1 4 · 4 18 · 7 40 · 10 10 · 7 40
	Liskeard	"	11 52 · 3 33 · 5 53 · 9 1 · 6 41
	Bodmin Road	"	12 17 · 3 56 · 6 16 · 7 1
41	Bodmin	"	12 50 · 4 10 · 6 31 · 7 18
41	Wadebridge	"	1 14 · 4 36 · 7 42 · 7 42
41	Newquay	"	1 49 · 8 21 · 8 21
	Truro	"	1 26 · 5 3 · 7 27 · 7 54
	FALMOUTH	"	2 7 · 6 45 · 8 35 · 8 35
	Redruth	"	1 59 · 5 35 · 7 59 · 8 20
40	Helston	"	3 10 · 6 32 · 9 3 · 9 3
41	St. Ives	"	2 59 · 7 11 · 9 5 · 9 5
	PENZANCE	"	2 50 · 6 25 · 8 45 · 9 0

A Passengers from Metropolitan Stations between Mark Lane and Paddington change from Praed Street or Bishop's Road to the G. W. Station at Paddington. Passengers from stations on the District, Hammersmith or Kensington (Addison Road) Lines change at Westbourne Park, Bishop's Road, Praed Street, or Ealing Stations, as per Time Bills. B Carriages are not conveyed by this Train to Reading. C Horses and Carriages are not conveyed by these Trains. D Horses and Carriages conveyed to Stations beyond Road.

SOUTH DEVON & CORNWALL DISTRICTS.

All Trains are 1st, 2nd and 3rd Class, unless otherwise shown.

Totnes and Ashburton.

UP TRAINS.	Week Days 1,2,P AM	AM	1,2,P PM	PM	PM	1,2,P PM	Sundays 1,2,P AM	1,2,P PM
TOTNES dep.	8 40	10 10	1 2	5 40	5 40	9 13	8 5	9 15
Staverton "	8 50	10 20	1 45	5 50	5 50	9 25	8 15	9 25
Buckfastleigh "	9 0	10 30	2 5	6 0	6 0	9 35	8 25	9 35
ASHBURTON arr.	9 8	10 38	2 15	6 8	6 8	9 43	8 33	9 43

DOWN TRAINS.	Week Days 1,2,P AM	AM	1,2,P AM	PM	PM	1,2,P PM	Sundays 1,2,P AM	1,2,P PM
ASHBURTON dep.	7 10	9 20	11 20	2 47	4 15	7 18	7 14	7 30
Buckfastleigh "	7 18	9 28	12 0	2 55	4 23	7 26	7 28	7 37
Staverton "	7 28	9 38	12 20	3 5	4 33	7 37	7 33	7 46
TOTNES arr.	7 38	9 48	12 30	3 15	4 43	7 46	7 43	7 55

Moretonhampstead, Ashton, and Newton Abbot.

UP TRAINS.	Week Days 1,2,P AM	1,2,P AM	PM	1,2,P PM	Sundays 1,2,P AM	1,2,P PM
NEWTON ABBOT dep.	8 27	11 57	5 30	8 33	8 30	7 55
Teigngrace "	8 33	12 3	5 36	8 39	8 36	8 1
Heathfield "	8 39	12 9	5 42	8 45	8 41	8 6
Heathfield dep.	8 43	12 12	5 46	8 48	—	—
Chudleigh "	8 53	12 22	5 56	8 59	—	—
Trusham "	9 3	12 31	6 6	9 9	—	—
Ashton arr.	9 13	12 38	6 14	9 19	—	—
Bovey dep.	8 46	12 16	5 49	8 52	8 47	8 12
Lustleigh "	8 56	12 26	5 59	9 2	8 57	8 22
MORETONHAMPSTEAD arr.	9 8	12 38	6 12	9 15	9 10	8 35

DOWN TRAINS.	Week Days 1,2,P AM	1,2,P AM	PM	1,2,P PM	Sundays 1,2,P AM	1,2,P PM
MORETONHAMPSTEAD dep.	7 15	10 55	2 15	7 5	7 40	6 55
Lustleigh "	7 25	11 5	2 25	7 15	7 50	7 5
Bovey "	7 34	11 14	2 34	7 24	7 58	7 13
Ashton dep.	7 5	10 40	2 5	6 55	—	—
Trusham "	7 16	10 52	2 13	7 6	—	—
Chudleigh "	7 26	11 6	2 26	7 16	—	—
Heathfield arr.	7 35	11 10	2 35	7 25	—	—
Heathfield dep.	7 41	11 21	2 41	7 31	8 4	7 19
Teigngrace "	7 46	11 26	2 46	7 36	8 9	7 24
NEWTON ABBOT arr.	7 53	11 33	2 53	7 43	8 16	7 31

Newton Abbot, Torquay, and Dartmouth.

DOWN TRAINS. Class on Branch	C AM	1,2,P AM	AM	AM	1,2,P AM	AM	1,2,P PM	C AM	C PM	C 1&2 AM	PM	C PM	C 1&2 PM	1,2,P PM	C PM	Sundays 1,2,P AM	1,2,P AM	PM	1,2,P AM
PADDINGTON dep.	—	—	—	—	—	5 30	—	9 0	—	11 45	—	1 0	3 0	—	5 0	—	—	—	10 0
Bristol "	—	—	6 15	—	7 25	9 17	—	12 10	—	2 25	—	3 50	5 41	—	8 15	—	6 30	—	3 20
Exeter "	—	7 0	8 40	—	10 50	11 58	—	2 18	—	4 10	—	5 42	7 18	7 30	10 25	—	9 47	2 30	6 45
Plymouth "	—	6 45	8 35	8 55	10 35	12 0	12 10	2 8	2 30	—	3 50	—	—	6 50	8 23	6 50	—	12 40	—
NEWTON ABBOT d.	7 30	8 20	9 45	10 30	11 56	1 5	1 46	3 15	4 0	4 55	5 27	6 29	7 58	8 30	11 7	8 30	10 50	3 30	7 53
Kingskerswell "	7 36	8 26	9 51	—	12 3	1 11	1 51	—	4 6	—	5 33	6 35	—	8 36	—	8 36	10 56	3 36	7 59
Torre "	7 44	8 35	10 1	10 43	12 12	1 20	2 0	3 27	4 16	—	5 42	6 44	—	8 47	11 18	8 45	11 4	3 46	8 10
TORQUAY "	7 49	8 40	10 6	10 48	12 18	1 26	2 5	3 33	4 19	5 9	5 46	6 50	8 12	8 52	11 22	8 51	11 9	3 50	8 14
Paignton "	7 56	8 47	10 13	10 54	12 29	1 33	—	3 41	—	5 16	5 55	6 57	8 18	9 0	11 29	8 59	11 16	3 58	8 21
Churston "	8 4	8 56	10 23	—	12 39	1 43	—	3 51	—	5 24	6 5	7 7	8 27	9 8	11 37	9 9	11 26	—	8 31
Kingswear "	8 14	9 6	10 35	—	12 50	1 53	—	4 2	—	5 34	—	7 17	8 37	9 18	11 47	9 19	11 36	—	8 41
DARTMOUTH arr.	8 24	9 16	10 55	—	1 2	2 5	—	4 30	—	5 47	—	7 35	8 50	9 30	—	—	—	—	—

UP TRAINS. Class on Branch	1,2,P AM	C AM	AM	C 1,2,P AM	C AM	1,2,P PM	C PM	C PM	C PM	PM	PM	PM	1,2,P PM	C PM	C A PM	Sundays 1,2,P AM	PM	PM	1,2,P PM
DARTMOUTH dep.	7 0	8 33	9 20	10 30	11 50	—	—	2 45	—	4 0	5 20	—	7 5	8 27	9 55	—	—	—	—
Kingswear "	7 18	8 45	9 33	10 50	12 10	—	—	3 0	—	4 15	5 35	—	7 25	8 40	10 10	7 30	1 20	—	6 45
Churston "	7 25	8 57	9 40	11 2	12 22	—	—	3 12	—	4 29	5 48	7 5	7 37	8 51	10 22	7 42	1 32	—	6 57
Paignton "	7 33	9 6	9 53	11 10	12 30	1 6	—	3 20	—	4 38	5 56	7 15	7 45	8 59	10 30	7 50	1 40	4 10	7 6
TORQUAY "	7 42	9 20	10 0	11 19	12 40	1 15	2 50	3 30	4 30	4 46	6 4	7 22	7 54	9 6	10 38	7 57	1 47	4 17	7 14
Torre "	7 49	9 24	10 5	11 25	12 46	1 20	2 55	3 35	4 35	4 51	6 8	7 27	7 59	9 10	10 43	8 2	1 52	4 22	7 20
Kingskerswell "	7 57	—	10 13	11 33	—	1 28	—	—	4 42	4 59	—	7 34	8 8	—	10 49	8 10	2 0	4 30	7 27
NEWTON ABBOT a.	8 4	9 35	10 19	11 40	12 59	1 34	3 8	3 48	4 47	5 5	6 19	7 40	8 15	9 22	10 55	8 16	2 6	4 36	7 33
Plymouth arr.	9 47	10 48	—	1 20	—	—	4 30	—	5†55	6 35	8 1	8†55	9 58	—	12 10	12 24	—	—	9 28
Exeter "	9 22	10†25	11 23	12 40	1 48	2 40	3†50	4 47	—	6 23	—	—	9 26	10 20	A	9 20	3 14	—	8 38
Bristol "	12 57	12†4	2 20	2 50	3 37	6 20	5†29	6 45	—	10 0	—	—	—	12 35	—	1 30	6 28	—	12 35
PADDINGTON "	5 0	2†45	8 0	—	6 30	—	8†10	10 20	—	—	—	—	—	6 0	—	7 20	10 50	—	6 0

A The Boat from Dartmouth to Kingswear, in connection with this Train, will only be run for Passengers proceeding to Paignton and Stations beyond.
† 1st and 2nd Class.
C Horses and Carriages not conveyed by those Trains.

Brixham and Churston.

UP TRAINS.	Week Days 1,2,P AM	1,2,P AM	AM	1,2,P AM	PM	PM	PM	PM	PM	1,2,P PM	PM	Sundays 1,2,P AM	1,2,P AM	PM	1,2,P PM	1,2,P PM
Brixham dep.	7 12	8 41	9 30	10 49	12 5	1 35	3 0	4 16	5 14	6 48	8 18	7 30	8 50	1 20	6 45	8 18
Churston arr.	7 19	8 48	9 37	10 56	12 12	1 42	3 7	4 23	5 21	6 55	8 25	7 37	8 57	1 27	6 52	8 25

DOWN TRAINS.	Week Days 1,2,P AM	1,2,P AM	AM	AM	1,2,P PM	PM	PM	PM	PM	1,2,P PM	1,2,P PM	Sundays 1,2,P AM	1,2,P AM	PM	1,2,P PM	1,2,P PM
Churston dep.	7 26	9 2	10 27	11 8	12 44	1 50	3 55	4 35	5 50	7 41	9 10	7 42	9 9	1 35	7 0	8 35
Brixham arr.	7 33	9 9	10 34	11 15	12 51	1 57	4 2	4 42	5 57	7 48	9 17	7 49	9 15	1 42	7 7	8 42

Tavistock, Launceston, Princetown, and Plymouth.

DOWN TRAINS	Week Days 1,2,P AM	1,2,P AM	PM	PM	PM	Sundays 1,2,P AM	PM
PLYMOUTH dep	8 2[illegible]	11 1[illegible]	2 35	5 55	8 3[illegible]	[illegible]	8 35
North Road "	8 2[illegible]	[illegible]	2 41	[illegible]	8 5[illegible]	[illegible]	[illegible]
Mutley "	8 30	[illegible]	2 44	6 4	8 41	[illegible]	[illegible]
Marsh Mills "	8 3[illegible]	[illegible]	2 51	[illegible]	[illegible]	[illegible]	[illegible]
Bickleigh "	8 5[illegible]	1 40	[illegible]	[illegible]	[illegible]	[illegible]	[illegible]
Yelverton "	9 [illegible]	11 5[illegible]	[illegible]	6 35	9 1[illegible]	[illegible]	[illegible]
Yelverton dep.	9 [illegible]	12 5		7 1[illegible]			
Dousland "	9 1[illegible]	12 11	—	7 21	—		
PRINCETOWN a.	9 40	12 [illegible]		7 47		—	—
Horrabridge dep.	9 9	[illegible]	[illegible]	6 40	9 1[illegible]	[illegible]	9 16
Tavistock "	9 1[illegible]	12 16	[illegible]	6 52	9 2[illegible]	[illegible]	[illegible]
Marytavy "	9 2[illegible]	12 25	[illegible]	7 1	[illegible]	[illegible]	9 35
Lydford "	9 37	12 [illegible]	3 49	7 10	[illegible]	[illegible]	9 44
Coryton "	9 47	12 55	3 59	7 21	[illegible]	[illegible]	[illegible]
Lifton "	9 54	12 53	4 7	7 29	10 4	[illegible]	10 4
LAUNCESTON arr.	10 [illegible]	1 4	4 18	7 40	[illegible]	[illegible]	[illegible]

UP TRAINS.	Week Days 1,2,P AM	1,2,P AM	PM	PM	PM	Sundays AM	PM
LAUNCESTON dep.	7 40	10 30	2 5	6 5	8 10	7 40	6 10
Lifton "	7 49	10 39	2 14	6 14	8 19	7 49	6 19
Coryton "	7 58	10 49	2 23	6 23	8 27	7 58	6 27
Lydford "	8 11	11 2	2 36	6 36	8 40	8 11	6 40
Marytavy "	8 19	11 12	2 47	6 44	8 48	8 19	6 48
Tavistock "	8 2[illegible]	11 21	2 58	6 53	8 57	8 2[illegible]	6 57
Horrabridge "	8 40	11 31	3 7	7 5	9 7	8 38	7 7
PRINCETOWN d.	8 10	11 0	—	6 5[illegible]	—	—	—
Dousland "	8 32	11 24		6 5[illegible]			
Yelverton arr.	8 37	11 29	—	7 3	—	—	—
Yelverton dep.	8 45	11 36	3 15	7 13	9 13	8 44	7 12
Bickleigh "	8 53	11 45	3 25	7 24	9 21	8 52	7 21
Marsh Mills "	9 2	11 53	3 35	7 31	9 30	9 1	7 31
Mutley "	9 8	12 0	3 42	7 41	9 36	9 7	7 37
North Road "	9 12	12 2	3 44	7 43	9 38	9 9	7 40
PLYMOUTH arr.	9 15	12 10	3 51	7 50	9 41	9 15	7 45

Newquay and Fowey.

DOWN TRAINS.	Week Days PM	AM	1,2,P AM	AM	1,2,P AM
PADDINGTON dep	9 0	—	—	5 30	11 45
Plymouth "	—	6 50	11 0	2 40	6 5
Par dep	—	8 40	12 45	4 25	7 25
St. Blazey "	—	8 45	12 51	4 29	7 31
FOWEY arr.	—	8 56	1 3	4 41	7 43
Par dep.	—	8 40	12 45	—	7 25
St. Blazey "	—	8 45	12 50	—	7 30
Bridges (for Luxulyan) "	—	8 56	1 1	—	7 41
Bugle "	—	9 2	1 7	—	7 47
Victoria (for Roche) "	—	9 9	1 14	—	7 54
St. Columb Road "	—	9 23	1 29	—	8 5
NEWQUAY arr.	—	9 36	1 42	—	8 21

1st & 2nd Class only; 3rd Class Passengers leave Paddington at 3.0 a.m.

UP TRAINS.	Week Days AM	1,2,P AM	PM	PM	1,2,P PM
NEWQUAY dep.	7 20	11 2	—	5 30	—
St. Columb Road "	7 36	11 18	—	5 46	—
Victoria (for Roche) "	7 52	11 34	—	6 2	—
Bugle "	7 59	11 41	—	6 9	—
Bridges (for Luxulyan) "	8 5	11 47	—	6 15	—
St. Blazey "	8 20	12 2	—	6 30	—
Par arr.	8 22	12 4	—	6 32	—
FOWEY dep.	8 0	11 42	3 50	6 10	8 30
St. Blazey "	8 20	12 2	4 7	6 30	8 40
Par arr.	8 22	12 4	4 9	6 32	8 42
Plymouth arr.	10 18	1 50	6 5	8 10	10 26
PADDINGTON "	6 0	8†10	—	4 0	—

1st & 2nd Class only; 3rd Class Passengers arrive at Paddington at 10.20 p.m.

St. Ives and St. Erth.

DOWN TRAINS.	Week Days 1,2,P A.M.	A.M.	A.M.	P.M.	P.M.	P.M.	12P P.M.	12P P.M.	Sundays A.M.	12P A.M.	12P A.M.	12P P.M.
ST. ERTH dep.	7 30	10 [illegible]	11 32	12 [illegible]	2 43	5 15	6 55	8 5[illegible]	7 30	8 40	10 45	6 15
Lelant "	7 33	10 36	11 35	12 [illegible]	2 47	5 1[illegible]	6 59	8 53	7 33	8 43	10 49	6 18
Carbis Bay "	7 41	10 4[illegible]	11 42	12 41	2 55	5 2[illegible]	7 7	[illegible]	7 41	8 51	10 56	6 26
ST. IVES arr.	7 45	10 48	11 4[illegible]	12 45	2 59	5 30	7 11	9 5	7 45	8 55	11 0	6 30

UP TRAINS.	Week Days 1,2,P AM	1,2,P AM	AM	noon	PM	PM	1,2,P PM	1,2,P PM	Sundays AM	1,2,P AM	1,2,P AM	PM
ST. IVES dep.	6 20	9 50	11 5	11 58	2 0	4 50	5 50	8 12	7 0	8 15	10 20	4 50
Carbis Bay "	6 24	9 54	11 9	12 1	2 4	4 54	5 54	8 16	7 4	8 19	10 24	4 54
Lelant "	6 32	10 2	11 17	12 9	2 12	5 2	6 2	8 24	7 12	8 27	10 32	5 2
ST. ERTH arr.	6 35	10 6	11 20	12 13	2 16	5 5	6 5	8 27	7 15	8 30	10 35	5 5

Bodmin and Wadebridge Branch.

DOWN TRAINS	Week Days Only AM	1,2,P AM	1,2,P AM	AM	PM	PM	PM	PM	PM	PM	1,2,P PM
BODMIN ROAD dep.	—	8 12	9 0	10 35	12 40	1 15	4 0	4 48	6 21	7 8	9 14
Bodmin arr.	—	8 22	9 10	10 45	12 50	1 25	4 10	4 58	6 31	7 18	9 24
Bodmin dep.	7 40	—	9 15	10 51	12 56	—	4 18	—	—	7 24	—
WADEBRIDGE arr.	7 58	—	9 34	11 9	1 14	—	4 36	—	—	7 42	12P

UP TRAINS	Week Days Only 1,2,P AM	1,2,P AM	AM	AM	PM	PM	PM	1,2,P PM	PM	1,2,P PM
WADEBRIDGE dep.	—	8 10	9 45	11 30	—	3 10	—	—	6 15	8 30
Bodmin arr.	—	8 30	10 5	11 50	—	3 30	—	—	6 35	—
Bodmin dep.	7 51	8 41	10 11	12 3	1 0	3 38	4 25	6 [illegible]	—	—
BODMIN ROAD arr.	8 1	8 48	10 18	12 10	1 7	3 45	4 32	[illegible]	—	—

MÖRDER INS DARTMOOR ENTKOMMEN

Bei dem Sträfling, der in der Nacht zum Mittwoch aus dem Zuchthaus Princetown entkommen ist, handelt es sich um Selden, den berüchtigten Mörder von Notting Hill, einen der gefährlichsten Männer in Gefangenschaft, und nun ein banger Schrecken für all diejenigen, die auf dem Moor und drumherum wohnen. Man hatte Selden vor einigen Jahren eines merkwürdig wilden und blindwütig grausamen Mordes für schuldig befunden, aber das Todesurteil, das damals gerechterweise über ihn gefällt wurde, wurde in lebenslängliche Haft umgewandelt, als einige Zweifel an seiner geistigen Gesundheit laut wurden. Es gab heftige Auseinandersetzungen darüber, ob es weise war, dieser Ansicht stattzugeben.

Eine Reihe prominenter Bürger haben auf mildernde Umstände für sein barbarisches Verhalten plädiert, indem sie seine Übeltaten seiner durch Erziehung und böse Gefährten verdorbenen Natur zuschrieben. Doch können auch sie nicht leugnen, daß seine Karriere von einem Verbrechen zum nächsten geführt hat, bis ihn schließlich die Gerechtigkeit ereilte – nur leider erst, als er die schlimmste Sünde, einen Mord, begangen hatte. Wir müssen die Leser wohl kaum an die grausamen Details seiner Missetaten erinnern. Es gibt in Notting Hill dunkle Winkel, in denen das Echo seines Namens noch zu spüren ist, und einsame Wanderer in der Abendstunde schrecken davor zurück, seine Fama zu beschwören, damit er nicht zurückkehrt, um sie abermals zu bekräftigen.

Man glaubt, daß Selden entkommen ist, indem er einem Wärter mit ausgeklügelten Quälereien die Tagesparole abgepreßt hat. Die anderen Wärter, die begierig sind, ihren mißhandelten Kollegen zu rächen, bewachen jede Straße und Station. Man glaubt, daß der Mann auf dem Moor nicht lange allein, ohne Nahrung und ohne die nötige Kleidung überleben kann. Wie schon für viele mag sein Schicksal in den trügerischen Sümpfen liegen, bevor die wütenden Wachmannschaften ihn einholen.

Trotzdem hält man auf einsamen Gehöften die Tür vor unwillkommenem Besuch gut verriegelt. Allen Leuten im Umkreis von 10 Meilen um Princetown wird geraten, dasselbe zu tun. Jegliche Information über den Mann sollte man unverzüglich der Polizei mitteilen. Dem Vernehmen nach ist es unwahrscheinlich, daß er Freunde in der Gegend hat, so daß sein Ende sehr bald zu erwarten steht.

Aus: The Devon And Exeter Daily Gazette,
Freitag, September...

Baskerville Hall, Devonshire

Mr & Mrs. Barrymore, Baskerville Hall, 1888

Sonntag, 30. September

Der Morgen war frisch und schön und bewirkte eine Menge, um Sir Henry und mich aufzuheitern, bis ich entdeckte, daß auch Sir Henry meinte, nachts im Halbschlaf so etwas wie das Schluchzen einer Frau gehört zu haben. Barrymore leugnete, daß das Geräusch von seiner Frau haben kommen können. Die einzige andere Frau im Haus, sagte er, sei das Küchenmädchen, das im anderen Flügel schlafe. Ich wußte, daß er log, denn als ich nach dem Frühstück Mrs. Barrymore - groß, phlegmatisch, grobgesichtig - in dem langen Flur traf, waren ihre Augen verräterisch rot und blinzelten mich unter verquollenen Lidern an. Ich fragte mich, was Barrymore vor uns verbarg. Er war derjenige, der Sir Charles' Leiche entdeckt hatte, und wir hatten nur sein Wort für die Umstände, die zum Tode des alten Mannes geführt hatten. Vielleicht war es doch Barrymore mit seinem schwarzen Bart, den wir in der Droschke in Regent Street gesehen hatten.

Der Kutscher hatte einen etwas kleineren Mann beschrieben, aber solch ein Eindruck kann ohne weiteres irrtümlich entstehen.

Während Sir Henry seine Papiere durchging, machte ich am Rande des Moors einen Spaziergang von vier Meilen zu dem kleinen, grauen Weiler Grimpen, um den Postmeister - gleichzeitig der Dorfkrämer - zu fragen, ob das Testtelegramm aus London wirklich Barrymores persönlich ausgehändigt worden war. Er bestätigte, sein Sohn James habe es ausgetragen, aber James sagte, er hätte es Mrs. Barrymore gegeben, weil sie gesagt hätte, ihr Mann sei oben auf dem Speicher. Der Junge hatte Mr. Barrymore nicht gesehen. Trotz Holmes' List hatten wir also keinen Beweis, daß Barrymore nicht die ganze Zeit in London gewesen war.

Allein ging ich den einsamen Weg zur Hall zurück und fragte mich, was für Pläne die Barrymores heckten und was die wirkliche Erklärung für das unsichtbare Netz war, das um den jungen Baronet gewebt wurde, als ein Fremder hinter mir hergelaufen kam und meinen Namen rief. Es war ein kleiner, schlanker, glattrasierter Mann mit betulichem Gesichtsausdruck, flachsroten Haaren und schmalen Wangen von dreißig bis vierzig Jahren, der einen grauen Anzug und einen Strohhut trug. Über seine Schulter hing eine blecherne Botanisiertrommel, und er trug ein grünes Schmetterlingsnetz. Es war Stapleton, der Naturkundler von

Merripit House. Dr. Mortimer hatte ihn mir gezeigt, als ich an seiner Praxis vorbeigekommen war.

Stapleton erwies sich als freundlicher Mann und brachte die Hoffnung zum Ausdruck, daß der neue Baronet nicht von der Legende von dem teuflischen Hund verschreckt sei, die solch eine fatale Wirkung auf die Nerven seines Onkels gehabt hatte. Er nahm an, Sir Charles sei einfach vor Angst gestorben, als er zufällig einen echten Hund hinter sich herkommen sah.

Ich war ziemlich verdutzt, als Stapleton mich fragte, ob Sherlock Holmes schon zu einer Schlußfolgerung gekommen sei, aber recht geschmeichelt, als er zugab, meine eigenen Aufzeichnungen von Holmes' Leistungen hätten uns sogar in Devonshire berühmt gemacht. Ich sagte, Holmes habe in London zu tun, und lehnte Stapletons Angebot, zu helfen, geschickt ab. Er lobte meine Diskretion und lud mich ein, Merripit House zu besuchen und seine Schwester kennenzulernen.

Das Haus war nur eine kleine Strecke Weges entfernt, über einen schmalen Graspfad, der von der Straße abzweigte und sich an einem alten Granitsteinbruch über das Moor schlängelte. Unterwegs sprach Stapleton herzlich vom Moor, als ob er es gut kenne, obwohl er sagte, daß er erst zwei Jahre hier sei - er war angekommen, kurz nachdem sich Sir Charles hier niedergelassen hatte. Er deutete auf eine weite Ebene im Norden, die dicht von grünen Flecken übersät war - der große Sumpf von Grimpen, wie er sagte, in dem er erst gestern eines der Moor-Ponies, das hineingewandert war, in den Tod gesogen worden war. Und als wir noch schauten, sahen wir den langen, verkrampften, zitternden Hals eines weiteren Ponys hervorschnellen und hörten einen schrecklichen Schrei über das Moor hallen, der mich vor Schreck erschauern ließ.

Mein Gefährte schien stärkere Nerven zu haben als ich. Er sprach davon, wie er gelernt hatte, ins Moor einzudringen, um die Inseln zu erreichen, wo man die seltenen Pflanzen und Schmetterlinge fand, aber als ich sagte, das würde ich auch eines Tages versuchen, war er wenig angetan von der Idee und warnte mich: Jemand, der so etwas wagte, hätte nicht die geringste Chance, lebend zurückzukehren. Ich glaube,

das war der Moment, in dem wir einen langen, dumpfen Seufzer unbeschreiblich traurig über das Moor tönen hörten. Er schwoll von einem gedämpften Murmeln zu einem tiefen Grollen an und sank wieder zu einem melancholischen, pulsierenden Murmeln zusammen. Ein eiskalter Schauer überlief mich. Stapleton sagte, die Bauern glaubten, das wäre der Hund der Baskervilles, der nach Beute verlange, aber er hielt es für wahrscheinlicher, daß es sich um den zusammenfallenden Schlick oder das steigende Wasser oder das Schlagen einer Rohrdommel handele.

Plötzlich unterbrach der Naturforscher seinen Vortrag, um eine kleine Fliege oder einen Falter zu jagen, den er in Richtung des Sumpfes verfolgte, wobei er im Zickzack lebhaft von Grasnarbe zu Grasnarbe sprang. Während ich zusah, kam eine Frau den Pfad hinter mir entlang. Ich nahm an, es handele sich um Miss Stapleton, von deren Schönheit ich vernommen hatte, obwohl sie ganz anders aussah als ihr Bruder. Er hatte, bei neutralem Teint, helles Haar und graue Augen, während sie dunkler war als alle Brünetten, die ich je in England gesehen hatte - schlank, hochgewachsen und elegant. Sie hatte ein stolzes, feingeschnittenes Gesicht, so regelmässig, daß es phlegmatisch gewirkt hätte, wäre nicht der empfindsame Mund und die schönen dunklen, wachen Augen gewesen.

Er sagte, es sei ein Cyclopides. J.W.

Bevor ich mich vorstellen konnte, kam sie schnell auf mich zu und riet mir mit flammenden Augen und tiefer, gepreßter Stimme, sofort nach London zurückzukehren. Da ihr Bruder zurückkam, wechselte sie schnell das Thema, indem sie von einer Orchidee sprach, die neben uns wuchs. Sie sagte ihm, sie hätte sich bereits mit Sir Henry bekannt gemacht - womit sie mich meinte. Als ihr ihr Fehler klar wurde, versuchte sie, ihre Verwirrung zu überspielen und sagte, wir hätten aneinander vorbeigeredet. Dann lud sie mich sofort nach Merripit House ein.

Es handelte sich um ein tristes Moorhaus in einem Obstgarten mit verkümmerten und gestutzten Bäumen, um das sich ein merkwürdiger, verschrumpelter, alter Diener in einer verschlissenen Livree kümmerte; in Innern aber befanden sich große, elegant möblierte Räumlichkeiten. Ich erfuhr, daß Stapleton eine Schule im Norden geleitet hatte, aber

infolge unglücklicher Umstände in den Süden gezogen war. Er sagte, sie seien beide sehr glücklich. Er könne seiner Leidenschaft für Botanik und Zoologie nachgehen. Sie habe ihre Bücher und die interessanten Nachbarn, wie beispielsweise Sir Charles einer gewesen sei. Doch ihre Worte klangen nicht überzeugt, als sie ihm zustimmte, daß es ihr nie langweilig sei.

Ich lehnte es höflich ab, mir seine Sammlung von Lepidoptera anzusehen und dann mit ihnen zu speisen, versprach aber, Sir Henry auszurichten, daß Stapleton nachmittags vorbeikommen wolle, um ihn kennenzulernen. Ich hatte Eile, zu meiner Pflicht zurückzukommen. Die Melancholie des Moores, der Tod des Ponys, das seltsame Geräusch zusammen mit der grausigen Legende der Baskervilles, die deutliche Warnung von Miss Stapleton - all das beschäftigte mich.

Auf dem Rückweg begegnete mir, ein Stückchen den Pfad hinauf, Miss Stapleton, die eine Abkürzung genommen hatte und gelaufen war, um mich abzupassen. Die Röte stand ihr gut, aber sie befürchtete, ihr Bruder könne sie vermissen. Sie bat mich, ihre Warnung zu vergessen, die sie die Grille einer Frau nannte. Ihr Bruder und sie selbst seien eng mit Sir Charles vertraut gewesen, und sie habe natürlich Angst, seine Befürchtungen hätten irgendeinen Grund haben können. Sie wolle nicht, daß so etwas den letzten Sproß der Familie belaste, der sich in Baskerville Hall niederlassen wolle. Sie wolle nur Sir Henry vor der Gefahr warnen, das sei alles. Sie könne nichts Genaueres sagen, glaube aber immer noch, daß Sir Henry sich ihr nicht aussetzen solle, indem er bliebe.

Ich sagte, es läge in Sir Henrys Natur, an der Stätte der Gefahr zu verweilen, und fragte sie, warum sie ihre Warnung von vorhin vor ihrem Bruder geheim halten wolle. Ihre Antwort war einleuchtend: Wie Mortimer glaubte ihr Bruder, es sei gut für die armen Leute auf dem Moor, wenn die Hall bewohnt sei. Er wäre ärgerlich geworden, wenn er gewußt hätte, daß sie irgendetwas unternähme, um Sir Henry zu vertreiben. Damit wünschte sie mir Lebewohl, und ich kehrte zur Hall zurück - meine Seele voll vager Befürchtungen.

Mr. Jack Stapleton & Miss Beryl Stapleton,
Dartmoor,
Juni 1888

Montag, 1. Oktober

Ein paar Tage Training werden mich bald in Form bringen; obwohl ich heute Muskelkater habe, könnte ich den Männern in Indien davonmarschieren. Ein zähes Gemüt offenbart sich nicht immer in der äußeren Gestalt. Einige wenig nette Freunde im Club halten mich für ein wenig rundlich, aber in diesem Körper schlägt das Herz des Gefährten des großen Sherlock Holmes!

Dienstag, 2. Oktober

Habe einige Nachforschungen bei den Bauern der Gegend angestellt. Drei Leute haben bestätigt, daß sie den Hund nachts in der Nähe der Hall gesehen haben – mit leuchtenden, glühenden und funkelnden Augen; viele andere behaupten, ihn gehört zu haben.

Mittwoch, 3. Oktober

Ging heute alleine über das Moor; war recht beschämt, als ich am Rande des Sumpfes bis weit über die Knie einsank. Kehrte als Bild des Jammers zur Hall zurück, wo mich Sir Henry mit einiger Schadenfreude begrüßte.

Donnerstag, 4. Oktober

Sir Henry verbringt viel Zeit mit Beryl Stapleton – wenn auch nie allein. Ich habe versucht, wie der ältere von uns beiden über meine eigenen Erfahrungen zu sprechen, aber unvernünftigerweise begegnet er jeder Geschichte mit einer eigenen. Wir sprachen bis weit in die Nacht über vertrackteste Themen: Liebe und Frauen. Zuweilen erweist er sich als amüsant, aber wie soll man einem Mann vertrauen, dem meine indischen Romanzen weniger bedeuten als die Leidenschaften der frankokanadischen Ladies!

Samstag, 6. Oktober

Ritt gestern mit Perkins, Mortimer und Sir Henry zu einer Reihe Schenken in den Dörfern Gidleigh, Manaton, Chagford und anderswo. Ein höchst genüßlicher Tag, da es mir ermöglicht hat, alle drei näher zu betrachten – solange ich noch etwas erkennen konnte.

Meine Briefe an Holmes bleiben unbeantwortet, und wir fragen uns, ob es mit dem Ripper-Fall zu tun hat. Er scheint meine Arbeit hier nicht zu würdigen und zu vergessen, daß ich in London Besseres zu tun habe, obwohl ich zugeben muß, daß Miss Stapletons Charme mich nicht kalt läßt.

Montag, 8. Oktober

Gestern zur Kirche von St. Michael of the Rock, um dieses merkwürdig isolierte Bauwerk auf der Spitze des Brent Tor zu besichtigen. Heute sind überall die Tapezierer gewesen, die der Hall ihren früheren Glanz zurückgeben sollen. Sir Henry packt die Sache gründlich an. Denkt er daran, ein Nest zu bauen, in das er eine Braut entführen kann? Ich habe durchaus Lust, ihm das Wild abzujagen, denn das Gefühl der Einsamkeit in diesem unheimlichen Ort lastet schwer auf meiner Amourosität!

Mittwoch, 10. Oktober

Nach weiteren Besuchen der Schenken der Umgegend – allerdings allein – überfällt mich bei jedem, den ich sehe, ein schwarzer Verdacht. Wie konnte Sir Henry so ungezwungen ankommen und fast nichts mitbringen? Was ist mit Mortimers versteckter Frau? Was für geheime Hoffnungen und Haßgefühle hegen John und Eliza Barrymore? Sehen Perkins und die Küchenmagd mehr, als sie sagen? Warum ist Jack Stapleton so freundlich? Warum seine Schwester Beryl so attraktiv? Was ist mit dem alten Anthony und dem Mädchen in Merripit, oder diesem seltsamen Knaben Frankland, oder dem nicht vertrauenswürdigen Postmeister und seinem Sohn?

Freitag, 12. Oktober

Spaziergänge, Ausflüge zu Schenken, mehr Spaziergänge, schlafen, träumen, essen, lesen – was kann man hier sonst tun? Gestern zeigte uns Mortimer die Stelle in der Eibenallee, wo der tote Sir Charles gefunden wurde. Warum hat er sie nicht schon früher gezeigt?

Ich bin überzeugt, daß Barrymore seine Frau schlägt. Ist er ein Tyrann? Trotz ihres gefaßten Auftretens habe ich seit jener ersten Nacht schon öfter Tränenspuren in ihrem Gesicht entdeckt. Welche Schuld oder welches Elend verfolgt sie? Vielleicht hat er ein Verhältnis mit dem Küchenmädchen?

Bin lange aufgeblieben und habe versucht, Rider Haggards bewegende Erzählung "She" zu lesen, die letztes Jahr erschienen ist, aber stattdessen denke ich an ein romantisches Abenteuer – nicht in der Welt der Fiktion, sondern hier in Devonshire, als höchst handfestes Faktum.

BASKERVILLE HALL

5. Oktober

Mein lieber Holmes,

was könnte ich Ihnen schon mitteilen, das Ihren streng praktisch gesinnten Geist nicht aufbringen würde? Ich entsinne mich noch, wie es Ihnen völlig egal war, ob sich die Sonne um die Erde oder die Erde um die Sonne dreht! Sie wollen die Fakten des Falles wissen, aber mir wäre eine Antwort auf meine Briefe sehr willkommen. Ich verstehe, daß Sie in London dringend zu tun haben, aber da Sie es selbst waren, der mich – sehr gegen meinen Willen – dazu überredet hat, mich in die öde Einsamkeit von Devonshire zu wagen, rechne ich fest damit, daß Sie bald zu dem Schluß kommen, daß dieser Fall Ihre sofortige Aufmerksamkeit verlangt.

Ich habe alle Nachbarn kennengelernt und traue allen gleichermaßen – das heißt: keinem von ihnen, nicht einmal Sir Henry oder dem Doktor, der ein täglicher Gast in der Hall ist und viel Zeit mit Sir Henry verbringt. Vielleicht ist es die Verborgenheit seiner Frau, die meinen Verdacht erregt, obwohl ich im Gewebe der täglichen Ereignisse auf nichts Konkretes verweisen kann, das in Mortimer irgendetwas außer Herzlichkeit und Sorge vermuten ließe.

Ich habe entdeckt, daß Stapleton einmal eine Schule im Norden geführt hat. Er sagte, die Arbeit sei für einen Mann von Temperament mechanisch und uninteressant, aber das Privileg, anderer Menschen Geist zu formen, sei ihm viel wert gewesen. (Das erinnert mich an meine Zeit beim Militär – sogar an meine Tage in der Dübe's-Schule.) Das Schicksal war gegen ihn: Eine schlimme Epidemie brach aus, die mehrere Todesopfer verlangte. Die Schule hat sich nie von dem Schlag erholt, und ein Großteil des Kapitals war unwiderruflich dahin. Er vermißt seine Pflichten, sagt er, aber er genießt sein neues Leben in Dartmoor, und seine

Schwester, die sich ihm angeschlossen hat, liebt die Natur genauso wie er selbst.

Trotz Ihres Telegrammes aus London können weder der Postmeister von Grimpen noch sein Sohn beschwören, daß Barrymore zu dem Zeitpunkt, als wir den Mann mit dem schwarzen Bart Sir Henry verfolgen sahen, in Devonshire war. Sir Henry hat Barrymore direkt gefragt, ob er das Telegramm bekommen hat oder nicht, und Barrymore antwortete, seine Frau hätte es ihm gegeben. Er war von dem Verhör indigniert, und Sir Henry mußte ihn beschwichtigen, indem er ihm einen beträchtlichen Teil seiner alten Garderobe schenkte. Man stelle sich vor, daß Barrymore die ganze Zeit in London war – der letzte, der Sir Charles lebend gesehen hat, und der erste, der den neuen Erben beschattete, als er nach England zurückkehrte? War er der Agent von Hintermännern oder hegte er selbst unheilvolle Pläne? Ich denke an die seltsame, aus der "Times" ausgeschnittene Warnung. War das sein Werk oder vielleicht das einer Person, die seine Pläne durchkreuzte? Das einzige vorstellbare Motiv ist das, welches Sir Henry einfiel: Wenn die Familie ferngehalten werden könnte, wäre den Barrymores ein komfortables Heim sicher.

Ich habe Ihre Anweisung, bei Sir Henry zu bleiben, so gut wie möglich befolgt, obwohl ich es zuweilen mühsam fand und ihn manchmal der Arbeit an seinen Papieren überlassen habe, um die Nachbarn auf dem Moor zu beobachten, wie Sie mir ebenfalls nahegelegt hatten.

Sie sollten jetzt hierher kommen, damit wir diesen Fall bald lösen können.

Ihr ungeduldiger Freund

J. W.

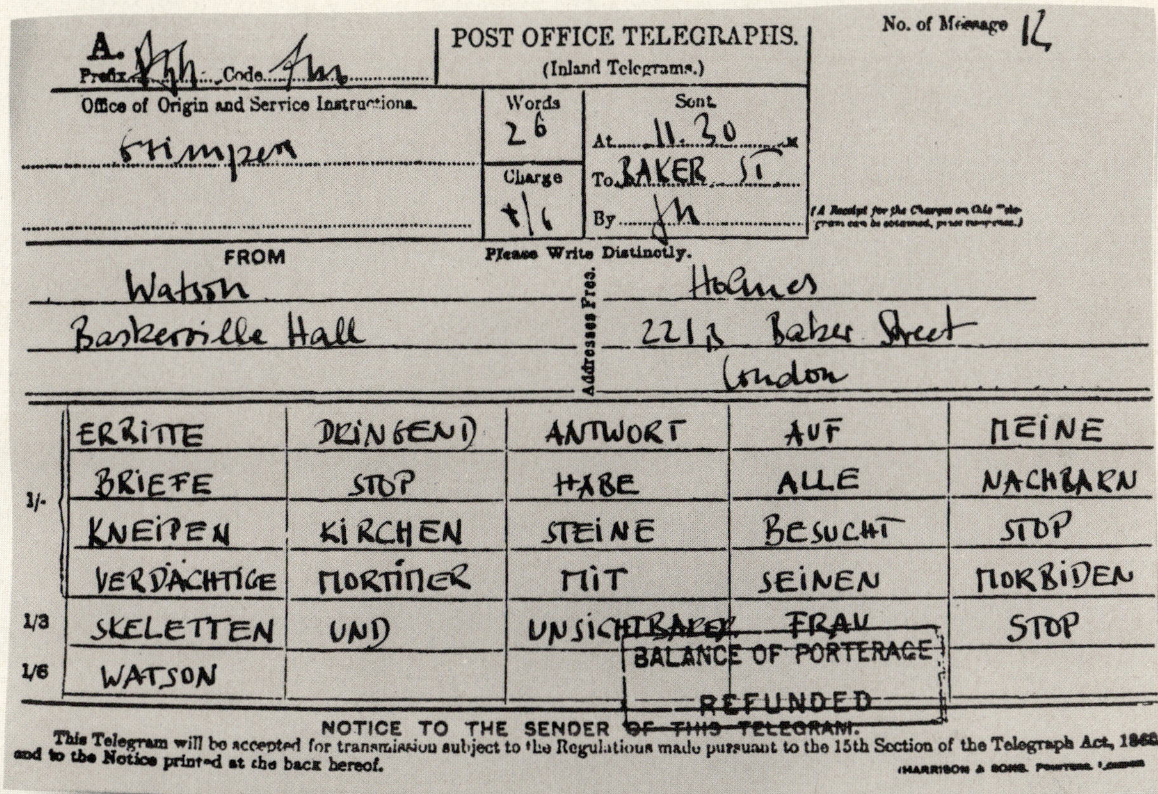

A. Prefix Jgh Code Jm

POST OFFICE TELEGRAPHS.
(Inland Telegrams.)

No. of Message 12

Office of Origin and Service Instructions.
Stimpen

Words 26
Charge 1/6

Sent
At 11.30 m
To BAKER ST
By Jh

(A Receipt for the Charges on this Telegram can be obtained, price one penny.)

FROM
Watson
Baskerville Hall

Please Write Distinctly.

Addresses Pres.
Holmes
221B Baker Street
London

	ERBITTE	DRINGEND	ANTWORT	AUF	MEINE
1/-	BRIEFE	STOP	HABE	ALLE	NACHBARN
	KNEIPEN	KIRCHEN	STEINE	BESUCHT	STOP
	VERDÄCHTIGE	MORTIMER	MIT	SEINEN	MORBIDEN
1/3	SKELETTEN	UND	UNSICHTBARER	FRAU	STOP
1/6	WATSON				

BALANCE OF PORTERAGE
REFUNDED

NOTICE TO THE SENDER OF THIS TELEGRAM.
This Telegram will be accepted for transmission subject to the Regulations made pursuant to the 15th Section of the Telegraph Act, 1869, and to the Notice printed at the back hereof.

(HARRISON & SONS, PRINTERS, LONDON

221B. BAKER STREET.
LONDON. W.1.

8. Oktober 1888

Mein lieber Watson,

gratulieren Sie mir zu dem großen Erfolg in meinem Erpresser-Fall. Ein Skandal für das Königshaus ist vermieden worden. Freunde an hoher Stelle hielten es nicht für unangebracht, mir persönlich ihren Dank für meine Leistungen zum Wohle der Nation abzustatten, haben mir mehrere öffentliche Auszeichnungen angetragen und eine Reihe interessanter neuer Pläne unterbreitet. Ich finde, daß mir das Leben in London derzeit ausgezeichnet bekommt. Ich habe ein paar vorzügliche Bekannte, mit denen ich essen gehe, und habe ein paar amüsante Unterhaltungen mit diesem jungen Detektiv Martin Hewitt geführt, den Sie vor ein paar Wochen kennengelernt haben. Man gibt zur Zeit hervorragende Konzerte, und Mrs. Hudson übertrifft sich selbst mit den allerbesten Frühstücken und einem warmen Kaminfeuer.

Verfolgen Sie Ihre eigenen Bemühungen in Dartmoor, mein lieber Watson, und glauben Sie nicht, überstürzt nach London zurückkehren zu müssen. Genießen Sie die Reise. Ohne Zweifel haben Sie das kleine Geheimnis, in das Sie sich so kühn gestürzt haben, schon aufgeklärt.

In bester Laune Ihr

S.H.

BASKERVILLE HALL

13. Oktober

Mein lieber Holmes,

meine bisherigen Briefe und Telegramme haben Sie über alles, was in diesem gottverlassensten Winkel der Welt passiert ist, bestens auf dem laufenden gehalten. Ich werde Ihren streng praktisch gesinnten Geist nicht mit meinen eigenen Einfällen behelligen.

Vierzehn Tage sind nun vergangen, seit der Sträfling entflohen ist, und man hat noch nichts von ihm gehört – zur Erleichterung vieler einsamer Anwesen wie dem der Stapletons. Er könnte sich in einer Steinhütte auf dem Moor verstecken; da es aber dort nichts zu essen gibt, wenn er nicht gerade ein Schaf schlachtet, ist man der Ansicht, daß er entkommen ist.

Der Baronet legt beträchtliches Interesse für die schöne Miss Stapleton an den Tag. Sie hat etwas Tropisches und Exotisches an sich, das einen einzigartigen Kontrast zu ihrem kühlen und bedächtigen Bruder darstellt. Doch auch er läßt verborgene Glut erkennen, und ich habe bemerkt, wie sie ihn beim Sprechen ständig ansieht, als wolle sie sich seiner Zustimmung versichern. Er kam am ersten Tag zur Hall herüber und nahm uns am nächsten Morgen bei einem Ausflug über das Moor zu einer öden Stelle mit zwei Steinen mit, die aussehen wie Reißzähne – der Schauplatz der Legende vom verruchten Hugo.

Wir aßen in Merripit House zu Mittag, und Sir Henry war sofort von Miss Stapleton eingenommen. Seither ist kaum ein Tag vergangen, an dem wir nicht ein wenig von Bruder und Schwester gesehen hätten. Stapleton scheint Sir Henrys Aufmerksamkeiten nicht zu schätzen, vielleicht aus Furcht vor dem Alleinsein. Das wäre der Gipfel der Selbstsucht, wenn er einer solch brillianten Heirat im Wege stände, obwohl eine Romanze es mir noch mühsamer machen wird, ein Auge auf Sir Henry zu halten.

Am Donnerstag besuchten uns Dr. Mortimer und die Stapletons, und der Doktor zeigte uns die Stelle der Eibenallee, wo Sir Charles gestorben war. Lang und öde ist diese Allee, und ich versuchte, mir den alten Mann an der Pforte zum Moor vorzustellen, wie er von einem geisterhaften Hund, schwarz, schweigend und monströs, in Schrecken versetzt wurde - oder von einem Schäferhund aus dem Moor.

Ich habe auch Mr. Frankland von Lafter Hall, etwa vier Meilen südlich von hier, kennengelernt, einen älteren Mann, rotgesichtig, weißhaarig und cholerisch, der ein Vermögen für Streitereien ausgibt - erst für die Dörfler von Fernworthy, dann gegen sie, mal trotzt er einem Wegerecht, mal erzwingt er eins, ist heute populär und morgen in effigie verbrannt. Man sagt, zur Zeit führe er sieben Prozesse gleichzeitig. Außerdem ist er ein Amateur-Astronom und liegt mit einem ausgezeichneten Fernrohr auf seinem Dach- in der Hoffnung, einen Blick auf den entsprungenen Sträfling im Moor zu erhaschen.

Was Barrymore und seine Frau angeht, habe ich Ihnen meinen Verdacht bereits erläutert. Das Erlebnis der vergangenen Nacht bringt diese Verdächtigungen auf den Punkt. Als leichter Schläfer wurde ich gegen zwei Uhr morgens von Schritten geweckt, die vor meinem Zimmer vorbeigingen. Ich spähte aus der Tür und sah Barrymore in Hemd und Hose, aber barfuß, der mit einer Kerze in der Hand verstohlen den Korridor hinabging und ein leeres Zimmer betrat. Ich schlich den Gang hinunter und sah hinein. Er kauerte vor dem Fenster, hielt die Kerze an die Scheibe und starrte ins schwarze Moor hinaus. Ein paar Minuten wartete er angespannt, ließ einen tiefen Seufzer hören, löschte mit einer ungeduldigen Handbewegung das Licht und kehrte auf dem gleichen Wege zurück, den er gekommen war. Lange danach hörte ich, wie ein Schlüssel in einem Schloß gedreht wurde. Was das alles bedeutet, vermag ich nicht zu erraten, aber in diesem finsteren Haus geht etwas Geheimnisvolles vor, dem wir früher oder später auf den Grund kommen werden. Ich habe mich mit Sir Henry auf einen Plan geeinigt, der meinen nächsten Bericht zu einer interessanten Lektüre machen wird.

er ist blaß und wachsam und weiß mehr, als er sagen will. J.U.

In Erwartung Ihrer werten Person

J.U.

BASKERVILLE HALL

13. Oktober

Mein lieber Holmes,

die Ereignisse überstürzen sich jetzt. Vor dem Frühstück am Morgen nach meinem Abenteuer inspizierte ich das Zimmer, von dem aus Barrymore Signale gegeben hatte, und stellte fest, daß es den besten Blick über das Moor bietet. Hatte Barrymore einer Geliebten Zeichen gegeben? Das würde die Tränen seiner Frau und das Aufschließen der Tür erklären, wenn er mitten in der Nacht hinausgegangen ist, um seine Freundin zu begrüßen. Er ist ein gutaussehender Kerl und durchaus in der Lage, das Herz eines Bauernmädchens zu rauben.

Auch Sir Henry hatte Barrymore neulich zwei- oder dreimal nächtens über die Gänge schleichen hören, und wir beschlossen, den Mann zu beschatten. Sir Henry kam das Abenteuer offenbar gut zupaß, denn außer seiner Neigung zu Miss Stapleton und dem Gewese der Architekten und Tapezierer aus Plymouth, die den Glanz der Hall wiederherstellen sollen, findet er das Leben auf dem Moor ein wenig zu ruhig.

Am selben Morgen allerdings stellte sich heraus, daß die Bahn der wahren Liebe nicht ganz so glatt verläuft, wie man unter diesen Umständen erwartet hätte. (Ich hätte Sir Henry selbst dies und jenes über das Auf und Ab des Liebesglücks erzählen können!) Der Baronet beschloß, einen Spaziergang ins Moor zu unternehmen. Gemäß Ihren strikten Anweisungen machte ich mich natürlich bereit, ihn zu begleiten, aber Sir Henry machte mir entschieden klar, daß er alleine ausgehen wolle, und deutete an, Sie hätten wohl nicht gewollt, daß ich ein Spielverderber würde. Das brachte mich in eine höchst peinliche Situation. Er nutzte mein Zögern aus und verschwand, doch mein Gewissen plagte mich sofort bitterlich, weil ich ihn aus den Augen gelassen hatte. Ich hätte mir nie verziehen, wenn ich Ihnen hätte berichten

müssen, daß ihm ein Unglück widerfahren sei. Daher machte ich mich sofort in Richtung Merripit House auf.

Da ich dachte, ich hätte den falschen Weg erwischt, erstieg ich einen Hügel und erblickte ihn sofort etwa eine Viertelmeile von mir entfernt, und Miss Stapleton an seiner Seite. Offenbar hatten sie ihr Stelldichein verabredet. Es schien nicht gentlemanlike, aber ich konnte kaum etwas tun, außer sie aus der Ferne zu beobachten und so Ihrem Befehl zu gehorchen, ihn nie aus den Augen zu lassen. Sie waren tief ins Gespräch versunken, als ich plötzlich sah, wie Stapleton selbst über das unebene Gelände auf sie zueilte. Sir Henry hatte den Arm um Miss Stapleton gelegt und neigte seinen Kopf zu ihr, während sie sich offensichtlich losmachen wollte. Im nächsten Augenblick sprangen sie auseinander, als Stapleton wie wild auf sie zurannte, während sein absurdes Netz hinter ihm her baumelte. Er fuchtelte und tanzte fast vor Erregung vor den Liebenden herum und beleidigte Sir Henry, der anscheinend Erklärungen vorbrachte, die immer ärgerlicher wurden, als der andere sich weigerte, sie zu akzeptieren. Die Dame stand in abweisendem Schweigen dabei. Schließlich machte Stapleton auf dem Absatz kehrt und winkte gebieterisch seiner Schwester.

Der Baronet stand eine Minute lang da und blickte ihnen nach, dann ging er langsam den Weg zurück, den er gekommen war, mit gesenktem Kopf, ein Ebenbild des Jammers. Ich lief den Hügel hinab, um ihn zu treffen, tief beschämt, daß ich ohne Wissen meines Freundes solch eine private Szene mitangesehen hatte. Einen Moment lang funkelte er mich an, aber dann lachte er freudlos darüber, wie wenig privat sein Werben doch wäre. Ihre Offenheit hat ihn ohne Zweifel entwaffnet. Er sagte, er glaube, entweder Stapleton oder er selbst müsse verrückt sein, und er könne nicht verstehen, was der Mann gegen die Vertraulichkeiten mit seiner Schwester einzuwenden habe, die trotz ihrer Weigerung, von Liebe zu reden, auf beiden Seiten intimer geworden seien.

Sie hatte abermals von der Gefahr gesprochen, aber Sir Henry hatte geantwortet, wenn sie wirklich wolle, daß er gehe, solle sie mit ihm gehen. Er hatte ihr praktisch einen Heiratsantrag gemacht, doch bevor

sie antworten konnte, war ihr Bruder wie ein Wahnsinniger auf sie zugerannt. Heftige Worte waren gefallen. Stapleton hatte Sir Henry beschuldigt, seine Position auszunutzen, um sich seiner Schwester zu bemächtigen, und Sir Henry hatte entgegnet, er hätte ihr angeboten, sie zu heiraten.

Am Nachmittag kam Stapleton persönlich zur Hall, um sich für sein Betragen zu entschuldigen. Er hatte eine lange, private Unterredung mit Sir Henry und lud uns ein, am nächsten Freitag in Merripit House zu speisen. Sir Henry hielt ihn immer noch für verrückt, nahm aber seine Entschuldigung an. Stapleton hatte erklärt, er stehe seiner Schwester sehr nahe und sei äußerst schockiert gewesen, als ihm klar geworden sei, daß er sie verlieren könne. Er habe nichts gegen den Baronet selbst, bitte sich aber Zeit aus, um mit dem Gedanken fertig zu werden. Er würde sich seinerseits aller Opposition enthalten, wenn Sir Henry verspräche, die Sache drei Monate ruhen zu lassen und sich inzwischen damit bescheide, die Freundschaft zu der Dame zu pflegen, ohne ihre Liebe zu fordern.

Sir Henry hat es versprochen.

Abermals gratuliere ich Ihnen, mein lieber Watson. Sie haben mich als Agent nicht enttäuscht. Ich habe das Vertrauen nie bereut, daß ich in Sie gesetzt habe, als ich Sie nach Devonshire schickte.

Als dieses Geheimnis sich aufgeklärt hatte, machte ich mich an den nächsten Faden, den ich aus dem verworrenen Knäuel herausgepult hatte – das Geheimnis des nächtlichen Schluchzens, der Tränenspuren auf Mrs. Barrymores Gesicht, der geheimen Ausflüge des Butlers zum westlichen Gitterfenster.

An diesem Abend – vorgestern – blieb ich mit Sir Henry bis fast drei Uhr morgens auf, und wir beide schliefen in unseren Sesseln ein. Trotz diesem völligen Fehlschlag ließen wir uns nicht entmutigen. Gestern nacht versuchten wir es abermals. Wir dämpften das Licht und saßen schweigend und rauchend bis nach zwei Uhr da. Wir wollten schon aufgeben, als wir plötzlich auf dem Gang eine Stufe knarren hörten. Wir öffneten die Tür und erspähten die große, schwarzbärtige Gestalt, die auf Zehenspitzen den Gang hinabschlich. Wir folgten vorsichtig, aber obwohl wir umsichtig genug waren, unsere Schuhe zurückzulassen, knackten und knirschten die alten Bohlen unter unseren Schritten.

Zuweilen schien es unmöglich, daß er uns nicht kommen hörte. Glücklicherweise scheint der Mann aber ziemlich schwerhörig und war völlig mit seinem Tun beschäftigt: Er kauerte mit der Kerze in der Hand am Fenster und preßte sein weißes, gespanntes Gesicht an die Scheibe, genau wie ich es zwei Nächte zuvor gesehen hatte.

Der Baronet ist ein Mann, für den der direkteste Weg der natürlichste ist. Er marschierte schnurstracks ins Zimmer und verlangte zu wissen, was Barrymore tat. Zitternd vor Schreck und bleich stand der Mann auf. Er protestierte, er prüfe nur, ob alle Fenster geschlossen seien, aber Sir Henry wollte nichts davon hören und verlangte, die Wahrheit zu erfahren. Der Bursche rang verzweifelt die Hände und gab zu, daß er eine Kerze ans Fenster gehalten hatte, wollte aber mehr nicht sagen. Ich nahm ihm die Kerze ab, hielt sie, wie er es getan hatte, starrte in die Dunkelheit und sah dann eine winzige Nadelspitze von gelbem Licht in der Ferne. Als ich mein Licht bewegte, bewegte sich auch das andere. Offenbar handelte es sich um ein Zeichen. Sir Henry fuhr wütend auf Barrymore los und beschuldigte ihn der Verschwörung. Als der Mann aufsässig wurde und dem Baronet sagte, diese Sache ginge ihn nichts an, befahl ihm Sir Henry, den Dienst sofort und in Ungnade zu verlassen.

In diesem Moment erschien die stämmige Gestalt von Mrs. Barrymore in Schal und Unterrock, eine beinahe komische Figur, wenn ihr Gesicht nicht so einen angespannten Ausdruck gehabt hätte. Sie rückte sofort mit der Wahrheit heraus. Das Licht sei tatsächlich ein Signal, sagte sie, für ihren unglücklichen Bruder auf dem Moor, um ihn wissen zu lassen, daß das Essen für ihn bereitstehe. Sein Licht dort draußen bezeichnete die Stelle, an die sie das Essen bringen sollte. Selden, der Verbrecher, sei ihr jüngerer Bruder, erklärte sie, der als Kind verdorben und ins Verbrechen gelockt worden sei, aber für sie sei er immer der kleine Krauskopf gewesen, den sie umsorgt und mit dem sie gespielt hatte wie die ältere Schwester. Er sei aus dem Gefängnis ausgebrochen, weil er gewußt habe, daß sie in der Nähe sei und sich nicht weigern könne, ihm zu helfen. Er hatte sich, müde, halbverhun-

gert und mit den Wächtern auf den Fersen, bis Baskerville Hall geschleppt. Die Barrymores hatten ihn eingelassen und ihn gespeist und gepflegt, und als Sir Henry zurückgekommen war, hatten sie ihn hinausgeschickt, damit er sich auf dem Moor verstecke, aber weiterhin dafür gesorgt, daß er zu essen hatte. Es sei alles ihre Schuld, sagte sie, nicht die ihres Mannes. Barrymore bestätigte die Wahrheit all dessen, und Sir Henry sagte, er könne ihm nicht zur Last legen, daß er seiner Frau beigestanden habe. Er entließ sie bis zum Morgen.

Das Licht war immer noch dort, nicht mehr als eine oder zwei Meilen entfernt bei Cleft Tor. Wir beschlossen fast im selben Augenblick, den Schurken zu verfolgen. Er war brutal, gewalttätig und eine Gefahr für die Allgemeinheit. Wir würden das Vertrauen der Barrymores nicht verletzen, weil wir ihnen das Geheimnis abgezwungen hatten. Wir würden einfach unsere Pflicht tun. Ich holte meinen Revolver, zog meine Stiefel an, und wir machten uns auf den Weg. Sir Henry hatte seine Jagdpeitsche dabei.

Der Herbstwind heulte dumpf, und die Nachtluft war stickig und roch nach Feuchtigkeit und Moder. Ab und zu lugte der Mond einen Augenblick lang hervor, aber Wolken zogen über den Himmel, und als wir aufs Moor hinaustraten, begann ein leichter Nieselregen zu fallen. Das Licht vor uns brannte immer noch stetig. Wir wußten, daß es sich um einen verzweifelten Burschen handelte, den wir würden überrumpeln müssen, doch wurden wir selber plötzlich von demselben Heulen überrumpelt, das ich am Rande des großen Grimpen-Sumpfes vernommen hatte. Es erstarb in einem traurigen Seufzer, ertönte abermals und ließ die ganze Luft schneidend, wild und drohend erbeben. Dann erstarb es wieder, und absolute Stille legte sich um uns. Das Gesicht des Baronets schimmerte weiß im Mondlicht.

Sie haben also wirklich jener dunklen Stunde ins Auge geblickt, da die Mächte des Bösen losgelassen sind.

"Watson," sagte er, "das war das Heulen eines Hundes."

Mein Blut gefror mir in den Adern, denn seine gebrochene Stimme verriet das jähe Grausen, das ihn gepackt hatte. Er wollte wissen, was die Leute aus der Gegend von diesem Geräusch hielten. Ich zögerte, konnte der Frage aber nicht ausweichen.

"Sie sagen, es sei das Heulen des Hundes der Baskervilles."

Ich fügte hinzu, daß Stapleton meinte, es könne der Ruf eines seltsamen Vogels sein, aber Sir Henry wußte, daß es ein Hund war. Er versicherte sich, daß ich nicht an diese Märchen glaubte. Er sagte, es sei eine Sache, in London darüber zu lachen, aber eine andere, hier im Dunkeln auf dem Moor zu stehen, solch einen Schrei zu hören und von den Fußspuren neben der Leiche seines Onkels zu wissen. Als ich seine Hand berührte, war sie so kalt wie Marmor, aber er wollte nicht umkehren. Er war herausgekommen, um jenen Mann zu fassen und würde das tun, ob ihn nun ein Höllenhund verfolgte oder nicht.

"Wir stehen es durch, und wenn alle Teufel der Hölle auf dem Moor losgelassen sind," sagte er.

Wir stolperten weiter, bis wir endlich sahen, woher das Licht kam. Eine flackernde Kerze war in einen Felsspalt geklemmt und so von beiden Seiten gegen den Wind geschützt. Kein Lebenszeichen war zu bemerken. Wir fragten uns, was wir nun tun sollten - da sahen wir beide ihn zugleich. Über den Felsen mit der Kerze schob sich ein übles, gelbliches Gesicht, eine tierische Fratze, von bösen Leidenschaften durchfurcht und gezeichnet. Schlammbespritzt, mit starrendem Bart und strähnigem Haar, könnte es durchaus einem jener vorzeitlichen Wilden gehört haben, die in den Höhlen der Hügel gehaust hatten. Das Licht unter ihm wurde von seinen kleinen, verschlagenen Augen reflektiert, die eifrig nach links und rechts in die Dunkelheit spähten - wie ein listiges, wildes Raubtier, das die Schritte seiner Jäger gehört hatte.

Irgendetwas hatte seinen Verdacht erregt. Wir sprangen vorwärts. Er brüllte einen Fluch und schleuderte einen Stein nach uns, der an einem Felsen zersplitterte. Er drehte sich um und rannte davon. Im selben Moment brach der Mond durch das Gewölk und ließ seine gedrungene, kurze, kräftige Gestalt erkennen. Er sprang über die Felsen wie eine Bergziege. Ich hätte ihn mit meinem Revolver zum Krüppel machen können, doch hatte ich ihn mitgebracht, um mich zu verteidigen, nicht, um einen Unbewaffneten von hinten zu erschießen. Obwohl wir beide

schnelle Läufer und recht gut in Form sind, wurde uns bald klar, daß wir keine Chance hatten, ihn einzuholen. Er verschwand vor unseren Augen in den fernen Hügeln, und schließlich hielten wir an und setzten uns keuchend auf zwei Felsen.

Wir wandten uns um, um heimzugehen, als ich – wie eine schwarze Ebenholz-Statue gegen das Mondlicht gezeichnet – die Gestalt eines Mannes auf der zerklüfteten Spitze eines granitenen Tors erblickte. Das war keine Sinnestäuschung – eine große, hagere Gestalt, die Beine etwas gespreizt, die Arme verschränkt und der Kopf gesenkt, als ob der Mann über diese enorme Wildnis aus Flechten und Granit nachgrübelte, die vor ihm lag. Er könnte wirklich der Geist dieser schrecklichen Stätte gewesen sein – der Sträfling war es jedenfalls nicht. Er war weit von der Stelle, wo jener verschwunden war, und außerdem viel größer. Doch im selben Moment, da ich den Baronet darauf aufmerksam machen wollte, war der Mann verschwunden.

Ich wollte das Tor absuchen, aber der Baronet, der die Gestalt nicht gesehen hatte, war nicht in der Stimmung für neue Abenteuer. Er meinte, ohne Zweifel sei es ein Wächter gewesen, das Moor wimmele von ihnen, seit der Häftling entkommen sei. Er könne recht haben, doch völlig sicher war ich mir nicht. Wir waren enttäuscht, daß wir den Sträfling nicht selbst im Triumphzug mit heimbringen konnten, beschlossen aber, heute den Leuten in Princetown Bescheid zu sagen, wo sie nach dem Entflohenen suchen sollen.

Sie müssen zugeben, mein lieber Holmes, daß ich Sie mit meinen Berichten sehr gut bedient habe. Vieles von dem, was ich Ihnen mitteile, ist ohne Zweifel irrelevant, doch glaube ich immer noch, daß ich Ihnen am besten alle Fakten an die Hand gebe und Ihnen die Auswahl derjenigen überlasse, die Ihnen bei Ihren Überlegungen am meisten weiterhelfen. Wir machen sicherlich Fortschritte. Was die Barrymores angeht, haben wir die Motive für ihr Handeln herausgefunden, was die Lage sehr geklärt hat. Aber das Moor mit seinen Geheimnissen und seltsamen Bewohnern bleibt so undurchdringlich wie eh und je. Am besten wäre es, wenn Sie zu uns hinab kämen.

Ihr ungeduldiger

J. W.

Dienstag, 16. Oktober

Ein trüber, neblichter Tag mit Nieselregen. Das Haus ist von Wolkenbänken umgeben - drinnen so melancholisch wie draußen. Der Baronet ist nach den Aufregungen der Nacht depressiv, und ich meine, eine drohende Gefahr zu spüren, die umso beängstigender ist, als ich nicht in der Lage bin, sie zu bestimmen.

Man betrachte die lange Reihe von Vorfällen, die auf eine dunkle Macht am Werke schließen lassen: der Tod des letzten Herrn gemäß der Familienlegende, die Berichte von dem unheimlichen Geschöpf auf dem Moor, das ferne Heulen eines Hundes, das ich zweimal gehört habe. Wenn ich irgendetwas auf dieser Welt habe, ist es gesunder Menschenverstand, und nichts kann mich dazu bringen, an einen Geisterhund zu glauben, der materielle Fußspuren hinterläßt und die Luft mit Geheul erfüllt. Holmes würde nicht auf solch einen Blödsinn hören, und ich bin sein Agent.

Angenommen, auf dem Moor triebe sich wirklich ein riesiger Hund herum. Wo würde er sich verbergen? Wo würde er sein Fressen bekommen? Wieso sähe ihn niemand tagsüber? Was ist mit dem Mann in der Droschke? Und dem Brief, der Sir Henry vor dem Moor warnte? War es ein Freund oder Feind, oder wo ist er jetzt? In London, oder war es der Fremde, den ich vorgestern nacht auf dem Moor gesehen habe? Sicherlich war es niemand, den ich hier schon gesehen habe. Vielleicht war es derselbe Fremde, der uns in London verfolgt hatte? Ich beschloß, all meine Energie daran zu setzen, meine Hände auf diesen Mann zu legen - in der Hoffnung, daß wir dadurch ans Ende all unserer Probleme gelangen würden.

Ich entschied mich, Sir Henry nichts von meinen Plänen zu erzählen. Seine Nerven sind erschüttert, und ich möchte nicht noch zu seinen Befürchtungen beitragen. Heute morgen beim Frühstück hatten wir eine kleine Szene mit Barrymore, der glaubte, daß wir sein Vertrauen bezüglich des Sträflings mißbraucht hätten. Wir brachten vor, der Mann sei eine Gefahr für die Allgemeinheit und Barrymore habe uns nicht freiwillig von ihm berichtet; das schien ihn zu beruhigen. Er versicherte

uns, es seien Vorkehrungen getroffen, daß der Mann in ein paar Tagen nach Südamerika gehen und in diesem Land niemanden mehr belästigen werde. Er bat uns, die Polizei nicht wissen zu lassen, daß er noch auf dem Moor sei, denn man hätte die Verfolgung hier aufgegeben. (Wir hatten - entgegen unserem Vorhaben - Princetown noch nicht benachrichtigt.) Schließlich versprach er, der Mann werde vor seiner Abreise keine weiteren Verbrechen mehr begehen, weil er Angst habe, gefaßt zu werden.

Wir stimmten zu, daß dem Steuerzahler eine Last abgenommen sei, wenn er mit Sicherheit außer Landes sei. Barrymore dankte uns von ganzem Herzen und sagte, es hätte seine Frau umgebracht, wenn ihr Bruder wieder gefaßt worden wäre. Sir Henry vertraute mir an, er habe das Gefühl, Beihilfe und Begünstigung zu leisten, aber nach allem, was wir gehört hätten, könnten wir den Mann nicht verraten. Barrymore dankte uns abermals und wollte gehen. Da zögerte er und kam zurück.

Es gebe etwas, sagte er, das er uns vielleicht schon früher hätte berichten sollten, aber er habe es erst lange nach der Leichenschau herausgefunden und niemandem ein Sterbenswörtlein davon gesagt. Er wußte, daß Sir Charles an der Pforte gewesen war, um eine Frau zu treffen, deren Initialen "L.L." lauteten. Sir Charles bekam gewöhnlich sehr viele Briefe, weil er ein bekannter und für sein weiches Herz berühmter Mann war, so daß sich jeder, der Probleme hatte, gern an ihn wandte. Am Morgen seines Todes jedoch hatte er nur einen Brief aus Coombe Tracey bekommen, der in der Handschrift einer Frau adressiert war.

Barrymore hatte nicht mehr an die Sache gedacht, bis seine Frau vor ein paar Wochen Sir Charles' Arbeitszimmer saubergemacht hatte, das seit dessen Tode nicht mehr betreten worden war. Sie hatte hinten im Kamin die Asche eines verbrannten Briefes gefunden. Das meiste davon war zu Stückchen verkohlt, aber das Ende einer Seite hing zusammen und die Schrift war noch lesbar. Der Fetzen war zerbröselt, als sie ihn aufhoben hatte. Barrymore hatte keine Ahnung, ob Sir Charles noch weitere Briefe in derselben Handschrift erhalten hatte. Er meinte nur,

wenn wir diese Dame ausfindig machen könnten, würden wir mehr über Sir Charles' Tod erfahren.

Wir verlangten zu wissen, warum Barrymore diese wichtige Information verheimlicht hatte. Er erwiderte, unmittelbar nach der Entdeckung des Briefes hätten ihre eigenen Probleme mit Selden begonnen. Außerdem hielten sie große Stücke auf Sir Charles und wollten keine Frauengeschichte aufrühren, die seinem Ruf hätte schaden können. Der Butler hatte uns nur gesagt, was er wußte, weil er uns nicht unfair behandeln wollte, nachdem wir so nett zu ihm gewesen waren.

Wir dankten ihm und entließen ihn. Beide meinten wir, daß dieses neue Licht die Dunkelheit noch schwärzer als zuvor gemacht habe. Wenn wir "L.L." ausfindig machen könnten, würde das die ganze Angelegenheit vielleicht aufklären, aber wo sollten wir anfangen? Ich schlug vor, wir sollten unverzüglich Holmes benachrichtigen, und ich müsse mich schon sehr irren, wenn ihn das nicht nach Devonshire brächte. Ich ging sofort in mein Zimmer und faßte meinen Bericht von der Unterredung mit Barrymore ab.

Holmes war in dieser Zeit offenbar sehr beschäftigt, denn nur selten kamen kurze Nachrichten aus Baker Street – ohne irgendeinen Kommentar zu den von mir gelieferten Informationen oder einem Bezug auf meine Mission. Ich glaube, daß sein Erpresserfall all seine Fähigkeiten in Anspruch nimmt. Und doch muß dieser neue Faktor sicherlich seine Aufmerksamkeit erregen und sein Interesse anstacheln.

Ich wünschte, er wäre hier.

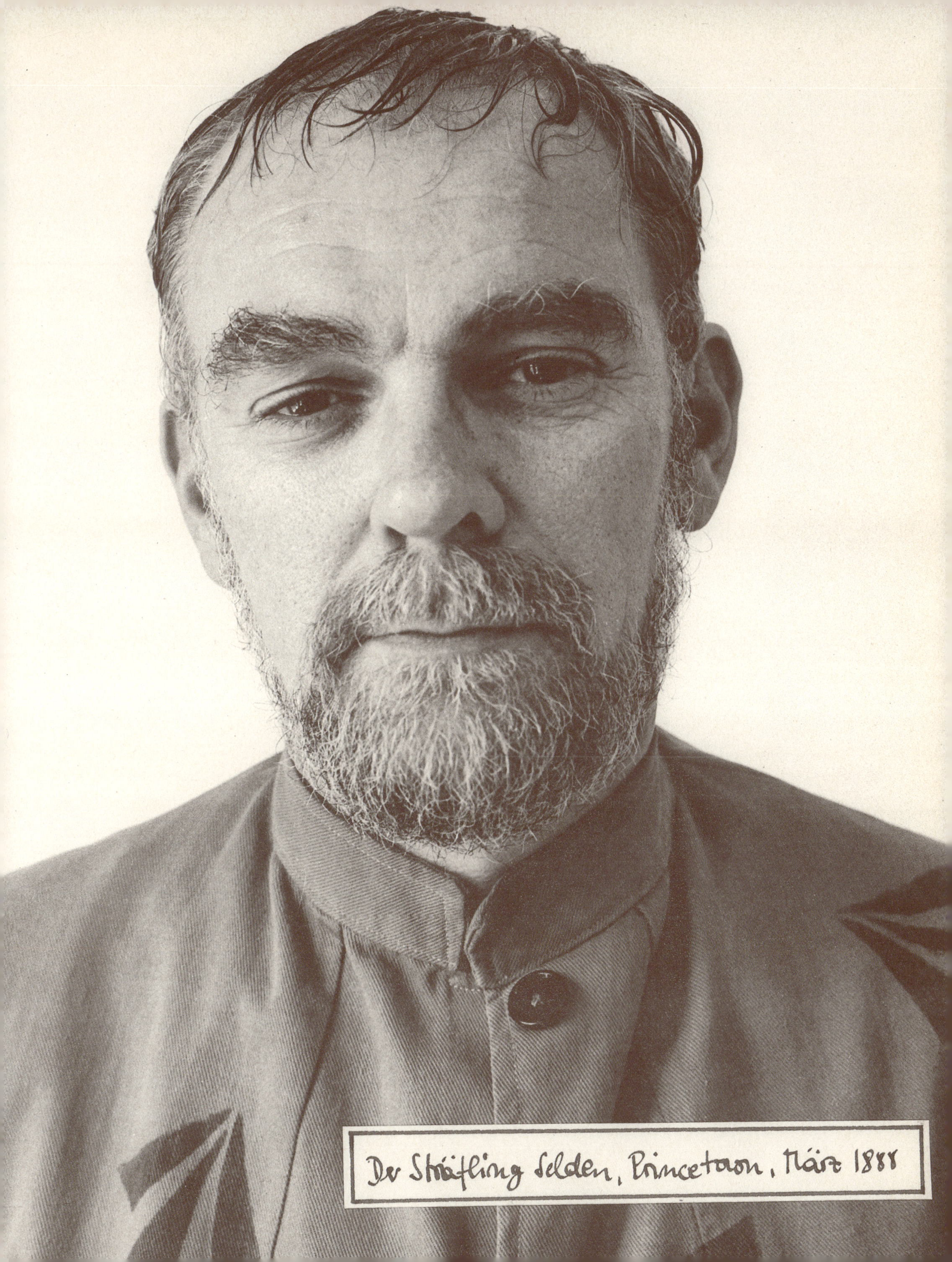
Der Sträfling Selden, Princetown, März 1888

Mrs. Barrymore sagt, der Brief sei zerfallen, aber nach sorgfältiger Suche und Rekonstruktion fand ich diese Überreste.

J. W.

Mittwoch, 17. Oktober

Den ganzen Tag Regen. Abends zog ich meinen Gummimantel an und machte einen langen Spaziergang über das triefnasse Moor, voller düsterer Gedanken. Während der Regen mir ins Gesicht schlug und der Wind um meine Ohren pfiff, dachte ich an den trostlosen Sträfling dort draußen auf dem öden, kalten, schutzlosen Moor und den einsamen Beobachter auf dem schwarzen Tor.

Als ich zurückging, holte mich Dr. Mortimer ein, der in seinem kleinen Wagen den holprigen Weg von dem entlegenen Gehöft Foulmire entlangkam. Es ist kaum ein Tag vergangen, an dem er nicht zur Hall gekommen wäre, um zu sehen, wir wir vorwärtskommen. Er brachte mich nach Hause, war aber ein bißchen bekümmert wegen seines kleinen Spaniels, der auf dem Moor verschwunden war. Ich dachte an das Pony im Grimpener Sumpf und dachte, daß er seinen kleinen Hund wohl nicht mehr wiedersehen würde.

Ich nutzte die Gelegenheit, ihn zu fragen, ob er in erreichbarer Umgegend eine Frau mit den Initialen "L.L." kenne. Er überlegte einen Moment und kam dann auf den Namen Laura Lyons, die bei Coombe Tracey wohnt. Sie ist wohl die Tochter des alten Nörglers Frankland und hat einen Künst er namens Lyons geheiratet, der zum Zeichnen aufs Moor gekommen ist. Er stellte sich als Lump heraus und verließ sie. Ihr Vater weigerte sich, noch etwas mit ihr zu tun zu haben, weil sie ohne seine Einwilligung geheiratet hatte, und vielleicht aus noch ein oder zwei weiteren Gründen. So hatte das Mädchen zwischen dem alten und dem jungen Sünder offenbar eine ziemlich schwere Zeit. Ich erfuhr, daß Frankland ihr nur ein Almosen gewährte, so daß mehrere Nachbarn, darunter Stapleton, Sir Charles und Mortimer, ihr geholfen haben, sich mit Schreibarbeiten einen anständigen Lebensunterhalt zu sichern.

Ich erzählte Mortimer nicht, was mich an Laura Lyons interessierte, war aber insgeheim entschlossen, des nächsten Tages nach Coombe Tracey zu gehen, um sie aufzusuchen. Als Mortimer mich drängte, die Gründe für mein Fragen preiszugeben, brachte ich das Gespräch recht geschickt auf den Schädel ihres Vaters und fragte den Doktor, zu welchem Typ er

Sie haben nicht umsonst Jahre mit mir zusammen gehaust!

gehöre, so daß wir für den Rest der Fahrt von nichts anderem sprachen als von Kraniologie. Mortimer blieb zum Dinner, und danach spielte er mit dem Baronet Karten.

Barrymore brachte mir den Kaffee in die Bibliothek, und ich nahm die Gelegenheit wahr, ihm ein paar Fragen zu stellen. Er hatte seit drei Tagen nichts von seinem feinen Verwandten gehört, obwohl er ihm Essen draußen hingestellt hatte. Das Essen war genommen worden, sagte Barrymore, aber vielleicht von dem anderen Mann auf dem Moor. Ich war sofort hellwach und fragte Barrymore, was er von dem anderen Mann wisse. Selden hätte ihm vor einer Woche etwa von dem Mann berichtet, sagte der Butler. Der Andere würde sich ebenfalls verstecken, sei aber kein Sträfling - das sei alles, was er wisse. Es war deutlich zu sehen, daß Barrymore von den Geschehnissen zutiefst besorgt war.

"Da gehen schlimme Dinge vor," sagte er, "und da braut sich übelste Schurkerei zusammen, das schwöre ich."

Er meinte, er wäre froh, wenn er Sir Henry wieder auf dem Rückweg nach London sehen würde, und sehr froh, selbst alles hinter sich zu lassen, wenn die neuen Bediensteten Sir Henrys bereit wären, die Hall zu übernehmen. Ich drang weiter in ihn, aber er fügte lediglich hinzu, daß Selden von dem Fremden auf dem Moor berichtet habe, er sei so etwas wie ein Gentleman, aber was er täte, könne er nicht herausfinden; er hause bei den Steinhütten in den Hügeln, und ein Junge würde ihm alles bringen, was er brauche - wahrscheinlich aus Coombe Tracey.

Ich starrte durch die verregnete Scheibe auf die ziehenden Wolken und die schwanken Konturen der windgepeitschten Bäume und fragte mich, was für ein leidenschaftlicher Haß das sein möge, der einen Mann dazu bewegen könne, in solch einer Nacht in einer Steinhütte auf dem Moor auf der Lauer zu liegen. Ich schwor mir, es solle kein Tag vergehen, ohne daß ich alles Menschenmögliche getan hätte, um diesem Geheimnis auf den Grund zu kommen.

Donnerstag, 18. Oktober

Ich habe zwei überaus wichtige Fakten herausgefunden:

1. Mrs. Laura Lyons aus Coombe Tracey hat an Sir Charles Baskerville geschrieben und sich mit ihm genau für die Stunde und an dem Ort verabredet, da er seinen Tod fand.

2. Der lauernde Mann auf dem Moor ist tatsächlich bei den Steinhütten in den Hügeln zu finden.

Es muß mir entweder an Intelligenz oder an Mut mangeln, wenn ich mit diesen beiden Fakten in meinem Besitz nicht noch mehr Licht in diese dunklen Stätten bringen kann.

Nachdem ich Sir Henry von Mrs. Laura Lyons berichtet hatte, stimmte er mir zu, daß ich sie allein aufsuchen und ihn zurücklassen solle. Perkins fuhr mich nach Coombe Tracey, und bald hatte ich die zentral gelegene und geschmackvoll eingerichtete Wohnung der Dame gefunden. Ein Mädchen führte mich ohne Formalitäten hinein, und als ich das Wohnzimmer betrat, sprang eine Dame an einer Remington-Schreibmaschine mit einem herzlichen Lächeln des Willkommens auf, das verschwand, als sie sah, daß ich ein Fremder war.

Der erste Eindruck von Mrs. Lyons ist der außerordentlicher Schönheit. Ihre Augen und Haare sind von demselben üppigen Haselnußbraun, und ihre - wenn auch recht fleckigen - Wangen haben den exquisiten Teint der Brunetten, das zarte Rosa, das sich im Herzen der gelben Rose birgt. Bewunderung war, ich wiederhole es, der erste Eindruck. Aber der zweite war Zweifel. An ihrem Gesicht stimmte etwas nicht, eine gewisse Grobheit des Ausdrucks, vielleicht eine Härte des Blicks, eine Schlaffheit der Lippen, die ihre perfekte Schönheit beeinträchtigte.

Das waren natürlich spätere Gedanken. Damals war ich mir einfach bewußt, daß ich einer sehr hübschen Frau gegenüber stand und sie mich nach den Gründen für meinen Besuch fragte. Ich hatte bis zu diesem Moment noch nicht recht verstanden, wie heikel meine Mission war.

Ich begann recht unbeholfen, indem ich sagte, ich kennte ihren Vater, was ihr nicht behagte, und sie erwiderte mir fest, ihr Vater und

sie selbst hätten nichts gemeinsam. Als ich sagte, Sir Charles sei es, wegen dem ich sie aufgesucht habe, wurde sie nervös. Sie gab zu, daß bei dem Bemühen, sich ihren Lebensunterhalt zu verdienen, sie seiner Freundlichkeit und Anteilnahme eine Menge verdanke, aber sie wurde ärgerlich, als ich sie fragte, ob sie mit ihm korrespondiert habe. Als ich sagte, meine Fragen zielten darauf ab, einen öffentlichen Skandal zu vermeiden, wurde sie widerspenstig. Sie habe ein- oder zweimal an Sir Charles geschrieben, sagte sie, um ihm für seine Großzügigkeit zu danken, und ihn auch ein paarmal in Coombe Tracey getroffen, aber er habe es vorgezogen, im Stillen Gutes zu tun.

"Haben Sie je Sir Charles geschrieben, um ihn um ein Treffen zu bitten?" fragte ich Mrs. Lyons.

Sie errötete vor Zorn. "Also wirklich, mein Herr, das ist eine absonderliche Frage," erwiderte sie.

"Es tut mir leid, Madam, aber ich muß sie wiederholen."

"Dann antworte ich: nein, gewiß nicht."

"Auch nicht am Tage von Sir Charles' Tod?"

Die Röte verblaßte im gleichen Moment, und vor mir war ein leichenfahles Gesicht. Ihr trocknen Lippen konnten das "Nein" nicht aussprechen, das ich mehr sah als hörte.

Ich zitierte die Stelle aus dem Brief und glaubte, sie würde in Ohnmacht fallen, aber sie erholte sich genug, um zu keuchen:

"Gibt es denn keine Gentlemen mehr?"

Ich erklärte, daß Sir Charles versucht habe, den Brief zu verbrennen, wie sie es verlangt habe, aber diese Passage sei lesbar geblieben. Schließlich gab sie zu, den Zettel geschrieben zu haben, aber sie habe keinen Grund, sich zu schämen, sie habe erst an jenem Tag von seiner unmittelbar bevorstehenden Fahrt nach London erfahren und geglaubt, wenn sie ihn treffe, könne sie sich seiner Hilfe versichern. Doch als Frau könne sie zu so später Stunde nicht ins Haus eines Jungegesellen gehen, also habe man sich im Garten treffen müssen. Als ich fragte, was geschehen sei, als sie nach Baskerville Hall kam, antwortete sie:

"Ich war überhaupt nicht dort. Ich schwöre es bei allem, was mir heilig ist. Eine Privatangelegenheit ist mir dazwischen gekommen."

Zuerst wollte sie nicht sagen, worum es sich handelte, bis ich wiederholte, sie würde ernstlich kompromittiert, wenn ich die Polizei benachrichtigen müsse, und fragte, warum sie zunächst geleugnet habe, den Brief geschrieben zu haben, und warum sie von Sir Charles verlangt habe, ihn zu verbrennen. Sie wolle keinen Skandal, sagte sie, das ganze sei eine ganz persönliche Affäre. Aber schließlich erzählte sie mir die Sache.

Sie hatte überstürzt geheiratet. Ihr Leben war eine unaufhörliche Verfolgung durch einen Gatten gewesen, den sie verabscheute. Das Gesetz war auf seiner Seite, und er konnte sie jederzeit zwingen, bei ihm zu leben. Als sie Sir Charles den Brief geschrieben hatte, hatte sie erfahren, daß sie Aussicht hätte, ihre Freiheit wiederzuerlangen, wenn bestimmte Kosten gedeckt würden. Für sie hätte es alles bedeutet - Gemütsruhe, Selbstachtung und Glück. Sie kannte Sir Charles' Großzügigkeit und glaubte, wenn er die Geschichte aus ihrem eigenen Munde erfahre, werde er ihr helfen.

"Wie kommt es dann, daß Sie nicht dagewesen sind?" fragte ich.

"Weil ich inzwischen von anderer Seite Hilfe bekommen hatte."

"Warum haben Sie Sir Charles nicht geschrieben, um ihm das zu erklären?"

"Das hätte ich getan, wenn ich nicht von seinem Tod in der Zeitung gelesen hätte."

Die Geschichte der Frau war in sich zusammenhängend, und all meine Fragen konnten sie nicht erschüttern. Wahrscheinlich sprach sie die Wahrheit - oder zumindest einen Teil der Wahrheit. Wenn wirklich ein Wagen sie nach Baskerville Hall gebracht hätte, hätte sich das nicht geheimhalten lassen. Ich konnte auch überprüfen, ob sie um die Zeit der Tragödie die Scheidung von ihrem Mann angestrengt hatte. Wieder einmal war ich in eine Sackgasse geraten, und doch fühlte ich, daß sie mir etwas verheimlichte. Warum widerstrebe es ihr, alles zuzugeben? Warum war sie zur Zeit des Unglücks so zurückhaltend gewesen

Im Augenblick konnte ich diese Richtung nicht weiter verfolgen, also wandte ich mich dem anderen Schlüssel zu, der bei den Steinhütten auf dem Moor zu finden war. Es gibt Hunderte, die abzusuchen waren, aber ich wollte beim Black Tor beginnen, wo ich den Mann hatte stehen sehen. Ich wollte - wenn nötig mit vorgehaltenem Revolver - aus seinem eigenen Munde erfahren, wer er war und warum er uns so lang beschattet hat. Er mochte uns in der Menge auf der Regent Street entkommen sein, aber das würde ihm auf dem einsamen Moor schwerfallen. Holmes hatte ihn in London verfehlt. Es wäre ein Triumph, wenn ich ihn zur Strecke brächte, wo mein Freund versagt hatte.

Das Glück kam mir zu Hilfe, als ich Mr. Frankland traf, der graubärtig und rotgesichtig an seinem Gartentor stand, das auf die Landstraße hinausführte. Er bat mich auf ein Glas Wein hinein, damit ich ihm gratulieren könne. Ich war dem Mann wegen seinem Betragen gegenüber seiner Tochter nicht besonders gut gesonnen, schickte aber Perkins zur Hall vor und ging mit ins Haus.

Er war von sich sehr eingenommen, weil er gerade ein Wegerecht mitten durch den Park der Middletons durchgesetzt hatte:

"Genau durch die Mitte, Sir," prahlte er, "keine hundert Yards von seiner eigenen Haustür! Was halten Sie davon? Wir werden diesen Magnaten schon beibringen, daß sie das Recht des Volkes nicht mit Füßen treten können, verdammt sollen sie sein! Und ich habe den Wald gesperrt, wo die Leute von Fernworthy zu picknicken pflegten. Dieses ungehobelte Volk scheint zu glauben, so etwas wie Recht am Eigentum gäbe es nicht und sie könnten mit ihren Zeitungen und Flaschen überall herumlungern. Beide Fälle sind entschieden, Dr. Watson, und beide zu meinen Gunsten. So einen Tag habe ich nicht mehr erlebt, seit ich Sir John Morland wegen Verletzung fremden Eigentums drangekriegt habe, weil er in seinem eigenen Wildgehege gejagt hat."

Ihm war klar, daß die Leute von Fernworthy ihn heute abend in effigie verbrenen würden und daß die Grafschaftspolizei nichts unternehmen würde, um ihm den Schutz zu gewähren, auf den er ein Anrecht hatte. Sie würden diese Mißachtung noch bedauern, warnte Frankland,

Frankland vs. Morland, Oberhofgericht. Hat Frankland 800 Pfund gekostet, aber er hat sein Urteil bekommen

Er hatte vor, die Sache als Fall "Frankland vs. die Königin" vor der Öffentlichkeit aufzuklären.

und als ich ihn fragte, wieso, setzte er einen sehr wissenden Gesichtsausdruck auf und sagte, er wüßte etwas, was sie zum Sterben gern erfahren würden, aber nichts könne ihn dazu bewegen, diesen Halunken zu helfen. Ich benahm mich sehr schlau: Ich gab vor, zu glauben, er müsse von einer Wilddieberei reden, was ihn zur Prahlerei verführte. Er wisse, wie man den Sträfling auf dem Moor fangen könne, denn er habe mit dem Fernrohr ein Kind gesehen, das dem Mann jeden Tag sein Essen bringe. Nach der Aussage Barrymores war klar, daß Frankland auf den Fremden gestoßen war und nicht auf den Sträfling. Ich wußte: Wenn ich zuviel Inte.esse zeigte, würde er mir nichts erzählen, also sagte ich geschickterweise, er habe wohl einen Schäferjungen gesehen, der seinem Vater das Essen hinausgebracht habe.

Frankland war von meinem Widerspruch irritiert und sagte, kein Schafhirt würde sein Lager an der steinigsten Stelle des Moores aufschlagen; außerdem habe er den Jungen mit seinem Bündel oft zweimal am Tag gesehen. Plötzlich zeigte er auf etwas, was sich auf den Hügeln bewegte. Er befahl mir, schnell selbst durch das Fernrohr zu blicken, bevor die Gestalt über den Hügel verschwände. Und da war er tatsächlich: ein kleiner Bursche mit einen kleinen Bündel über der Schulter, der langsam bergan klomm. Als er den Kamm erreichte, sah ich für einen Moment die Kontur der abgerissenen, schäbigen Gestalt gegen den kaltblauen Himmel. Er sah sich heimlich und verstohlen um, wie jemand, der fürchtet, verfolgt zu werden. Dann verschwand er über den Hügel.

Frankland triumphierte und verlangte Verschwiegenheit von mir. Die Polizei habe ihn unverschämt behandelt, sagte er, und nichts könne ihn dazu bringen, ihr in irgendeiner Weise zu helfen. Ich hatte es eilig, aufzubrechen, und lehnte es höflich ab, den Krug mit ihm zu leeren. Ich blieb auf der Straße, solang er mich sehen konnte, dann schlug ich mich seitwärts ins Moor und strebte dem felsigen Hügel zu, über den der Junge verschwunden war. Ich hatte nicht vor, diese Chance zu verpassen, die mir das Glück geboten hatte.

Die Sonne versank bereits hinter den Bergen, als ich den Kamm des Hügels erreichte. Dunst lag über dem fernen Horizont, aus dem sich die

phantastischen Konturen des Belliver Tor und des Vixen Tor erhoben. Die karge Szenerie, das Gefühl der Einsamkeit, das Geheimnis und die Dringlichkeit meiner Aufgabe – das alles ließ mein Herz erschauern. Der Junge war nirgends zu sehen. Aber unter mir, in einem Einschnitt in den Hügeln, standen die alten Steinhütten im Kreis, und in der Mitte war eine, deren Dach noch ausreichte, um als Schutz gegen die Witterung zu dienen. Ich vermutete, das sei die Höhle, wo der Fremde sich verbarg.

Vorsichtig näherte ich mich dieser Hütte. Ein kaum erkennbarer Pfad führte zwischen dem Geröll zu dem verfallenen Eingang. Im Innern war alles still. Ich warf meine Zigarette beiseite, legte die Hand auf den Griff meines Revolvers, schritt schnell auf die Tür zu und schaute hinein. Die Hütte war leer, barg aber Spuren eines Bewohners: Decken, die Asche in einer primitiven Feuerstelle, ein Haufen leerer Konserven, eine kleine Pfanne und eine halbvolle Schnapsflasche. Ein flacher Stein diente als Tisch, und darauf stand ein kleines Stoffbündel – dasselbe, das ich durchs Fernrohr über der Schulter des Jungen gesehen hatte. Es enthielt einen Brotlaib, eine Fleischkonserve und zwei Dosen Pfirsiche. Daneben lag ein Zettel, auf dem in unbeholfen gekritzelten Buchstaben eine kurze Nachricht stand, die mir plötzlich klar machte, daß ich und nicht Sir Henry derjenige war, der von diesem verborgenen Mann beschattet wurde, den man als Agent auf meine Spur gesetzt hatte. Ich hatte das Gefühl, daß alle meine Schritte bekannt waren, daß man mit unendlichem Geschick und Rafinesse ein feines Netz um mich gezogen hatte und daß ich mich in seinen Maschen verfangen hatte.

Ich sah mich nach weiteren Berichten über meine Tätigkeit um, konnte aber keine finden. Als ich mich an die schweren Regengüsse erinnerte und mir das klaffende Dach ansah, wurde mir klar, daß dieser Mann – ob böser Feind oder Schutzengel – spartanische Gewohnheiten haben mußte. Draußen sank die Sonne hernieder und der Westen strahlte im purpurgoldenen Licht. Alles wirkte im goldenen Abendlicht sanft und friedlich, aber meine Nerven flatterten, während ich im Dunkel der Hütte kauerte und beklommen auf die Ankunft des Bewohners wartete.

Mrs. Laura Lyons, Coombe Tracey, Juli 1888

Doktor Watson ist nach
Coombe Tracey
gegangen

Der Zettel, den ich in der Hütte auf dem Moor fand. J. W

Donnerstag, 18. Oktober, Forts.

Zuerst hörte ich den scharfen Tritt eines Stiefels auf den Steinen. Dann noch einmal und abermals, immer näher und näher. Ich wich in die dunkelste Ecke der Hütte zurück und spannte die Pistole in meiner Tasche. Eine lange Pause zeigte mir, daß er stehengeblieben war. Dann kamen die Schritte erneut näher, und ein Schatten fiel über die Türöffnung.

"Ein wunderbarer Abend, mein lieber Watson," sagte eine wohlbekannte Stimme. "Ich glaube, hier draußen wird es auch Ihnen bequemer sein als da drinnen."

Erst war ich verblüfft, dann erleichtert. Diese kalte, schneidende, ironische Stimme konnte nur Holmes gehören. Ich ging hinaus, und da stand er: die grauen Augen funkelten vor Vergnügen, dünn und hager, aber gesund und lebhaft, das braune Gesicht von der Sonne gebräunt und vom Wind gegerbt. Mit seinem Tweed-Anzug und der Stoffmütze sah er aus wie irgendein Tourist auf dem Moor, und dank seiner katzenhaften Passion für persönliche Reinlichkeit waren sein Kinn so glatt und und sein Hemd so makellos, als wäre er in Baker Street.

Er war fast genauso erstaunt, daß ich seinen Schlupfwinkel gefunden hatte, wie ich, ihn zu sehen. Erst zwanzig Schritte vor der Tür hatte er bemerkt, daß ich in der Hütte war. Nicht meine Fußspuren hatten mich verraten, sondern mein Zigarettenstummel der Marke Bradley, Oxford Street, den ich unmittelbar vor dem Betreten der Hütte fortgeworfen hatte.

Ich fürchte, Watson, daß auch ich es nicht schaffen würde, Ihre Fußabdrücke auf so hartem Grund zu erkennen. Wenn Sie mich ernsthaft hinters Licht führen wollen, müssen Sie Ihren Tabakhändler wechseln.

Ich erzählte Holmes, wie ich sein Versteck gefunden hatte, und fragte ihn, wie er nach Dartmoor komme, wo ich ihn doch in Baker Street an der Arbeit am Erpresser-Fall wähnte. Ich gebe zu, daß ich etwas verbittert war, daß er mir seine Aktionen nicht anvertraut hatte, insbesondere als er mir sagte, er habe mich glauben machen wollen, daß er in London sei. Da reichte es mir kaum, daß er mich um Verzeihung für diesen Streich bat, obwohl er mir versicherte, daß ich unschätzbar für ihn gewesen sei. Er meinte, unsere sehr fähigen Gegner wären gewarnt worden, wenn man von seiner Anwesenheit gewußt hätte. So

Wenn Sie davon gewußt hätten, hätten Sie mir alles berichten wollen und in Ihrer Bitte irgendetwas zu meiner Bequemlichkeit herausgebracht und wären damit ein unnötiges Risiko eingegangen.

aber war es ihm möglich gewesen, sich frei zu bewegen und im kritischen Augenblick sein Gewicht in die Waagschale zu werfen. Als er die Gefahr erkannt habe, in der ich schwebte, sei er heruntergekommen, um die Angelegenheit selbst zu untersuchen. Cartwright, der Bursche vom Botenbüro in London, hatte für seine Bedürfnisse und ein Paar Augen mehr gesorgt.

Anscheinend waren also meine Berichte umsonst gewesen, und ich beschwerte mich energisch, als ich an die Plackerei und den Fleiß dachte, mit dem ich sie geschrieben hatte. Aber Holmes beschwichtigte mich: Er hatte sie in der Tasche, und es war deutlich, daß sie kräftig durchgeblättert worden waren (obwohl ich nicht sagen konnte, ob von Holmes oder von Cartwright). Er sagte, sie seien mit nur einem Tag Verzögerung eingetroffen, und machte mir Komplimente zu dem Eifer und der Intelligenz, die ich bei diesem außerordentlich schwierigen Fall gezeigt hätte.

Ich war immer noch ziemlich verstimmt wegen der Täuschung, genoß aber Holmes' Lob. Dann fragte er nach meinem Besuch bei Laura Lyons und erzählte mir, daß er im Begriff gewesen sei, sie selbst aufzusuchen, so daß unsere Ermittlungen offensichtlich parallel verlaufen waren.

Die Sonne war versunken, und die Dämmerung legte sich über das Moor. Es war kühl geworden, und wir zogen uns in die Hütte zurück, um uns aufzuwärmen. Dort saßen wir zusammen im Zwielicht und ich berichtete Holmes von meiner Unterredung mit Mrs. Lyons und meiner Neugier auf ihr deutliches Ausweichen hin. Er zeigte lebhaftes Interesse und erklärte mir, wieso er sicher sei, daß Laury Lyons ein Verhältnis mit jemandem habe. Sie träfen einander, sagte er, sie schrieben einander, es herrsche ein völliges Einverständnis. Er sagte noch mehr, das ich kaum glaublich fand, aber er versicherte mir, daß meine eigenen Ermittlungen ein Licht auf die Sache geworfen hätten, das unschätzbar sei. Er schlug vor, wir sollten am nächsten Tag abermals Laura Lyons aufsuchen, um mehr über ihre Situation zu erfahren, aber zuvor sollten wir an meinen Posten in Baskerville Hall zurückkehren.

Ein paar blasse Sterne schimmerten am Himmel. Ich fragte Holmes, was das alles zu bedeuten habe, und Holmes antwortete: "Mord - raffinierten, kaltblütigen, vorsätzlichen Mord." Ich solle ihn nicht nach Einzelheiten fragen, sagte er, aber sein Netz ziehe sich um den Unhold, ebenso wie die Netze des Unholds um sein Opfer schlössen. Die einzige Sorge meines Gefährten war, daß unser Feind zuschlage, bevor der Fall abgeschlossen sei.

Er hatte es kaum ausgesprochen, da erschütterte ein entsetzlicher Schrei die Stille des Moors. Der fürchterliche Laut ließ das Blut in meinen Adern erstarren. Holmes sprang auf, und ich sah seine dunkle, athletische Kontur am Eingang der Hütte: Die Schultern gebeugt, den Kopf vorgeschoben, spähte er in die Finsternis. Wir lauschten gebannt und hörten es abermals, näher, lauter und eindringlicher als zuvor. Ich merkte am Beben in Holmes' Stimme, daß er, der Mann aus Stahl, bis in die Seele erschrocken war.

Wieder durchdrang der verweifelte Schrei die schweigende Nacht, lauter und viel näher als vorhin. Und ein neues Geräusch vermischte sich damit: ein tiefes, gedämpftes Grollen, klangvoll und doch drohend, anschwellend und verebbend wie das leise, unablässige Rauschen des Meeres.

Es war der Hund.

"Kommen Sie, Watson, kommen Sie!" schrie Holmes. "Um Gottes willen, wenn wir zu spät sind!"

Wir rannten schnell über das Moor, aber da hörten wir einen letzten verzeifelten Schrei und dann einen dumpfen, schweren Aufschlag. Wir blieben stehen und horchten. Kein anderer Laut durchbrach das lastende Schweigen der windstillen Nacht. Holmes schlug sich mit der Hand vor die Stirn, verfluchte sich dafür, daß er seine Karten nicht ausgespielt, und mich, daß ich meinen Posten verlassen hatte, und schwor Rache, wenn das Schlimmste eingetreten sei.

Blindlings rannten wir durch das Dunkel, stolperten über Felsen, zwängten uns durch die Ginsterbüsche und stürzten Abhänge hinab - immer in die Richtung, aus der die furchtbaren Schreie gekommen waren.

Auf jeder Anhöhe blickte Holmes sich gespannt um doch die Schatten lagen schwer über dem Moor, und nichts bewegte sich auf der öden Fläche.

Da drang von unserer Linken ein leises Stöhnen an unsere Ohren. Auf dieser Seite endete der Felsgrat in einer steilen Klippe, die einen Geröllhang überragte. Auf der durchfurchten Fläche lag ein dunkles, unregelmäßig geformtes Etwas. Als wir daraufzuliefen, nahm der vage Umriß deutliche Gestalt an. Es war ein Mann - das Gesicht nach unten, den Kopf in einem gräßlichen Winkel abgeknickt, die Schultern gebogen und den Körper zusammengekrümmt. Das Licht des Streichholzes, das Holmes angerissen hatte, schien auf seine besudelten Finger, mit denen er den Körper berührt hatte, und auf die grausige Lache, die sich langsam um den zertrümmerten Schädel des Opfers ausbreitete. Es war die Leiche von Sir Henry Baskerville.

Nie hätten wir jenen sonderbaren, rötlichen Tweedanzug vergessen - genau derselbe, den er an jenem ersten Morgen getragen hatte, da wir ihn in Baker Street gesehen hatten. Wir warfen nur einen kurzen Blick darauf, dann verlöschte das Streichholz. Wir schrien beide auf und machten uns Vorwürfe für das, was geschehen war - ich, weil ich ihn seinem Schicksal überlassen hatte, Holmes, weil er das Leben eines Klienten verschleudert hatte, um seinen Fall abzurunden. Mit Bitterkeit im Herzen standen wir beiderseits des geschundenen Körpers und dachten an den Onkel, der allein durch den Anblick eines Tieres, das er für übernatürlich gehalten hatte, zu Tode erschreckt worden war, und den Neffen, den eine wilde Flucht vor demselben Tier in sein Ende getrieben hatte. All unsere lange, erschöpfende Mühsal war zu einem jammervollen Ende gekommen.

Das war der schlimmste Schlag in meiner Laufbahn.

Während der Mond aufging, erklommen wir die Felsen, von denen unser armer Freund hinabgestürzt war, und blickten vom Gipfel über das schattige Moor, das halb im Silberlicht und halb im Dunkeln lag. Ich meinte, wenn Holmes wisse, wer hinter alledem stecke, sollten wir nicht länger zögern, aber Holmes erwiderte, unser Gegner sei über die Maßen vorsichtig und schlau, und unser Fall sei noch nicht hieb- und

stichfest. Wenn wir nur einen falschen Zug machten, könne uns der Schurke noch entkommen. Also gingen wir zu dem Leichnam zurück, um ihm den letzten Dienst zu erweisen, und als Holmes sich über den Körper beugte, stieß er einen Schrei aus und begann, herumzutanzen und zu lachen und meine Hand zu schütteln.

"Ein Bart! Ein Bart! Der Mann hat einen Bart!" schrie er. "Es ist nicht der Baronet - es ist - wahrhaftig, es ist mein Nachbar, der Sträfling!"

Ich erinnere mich, wie ich dachte: Kann das mein ernster, beherrschter Freund sein? Stille Wasser sind wahrhaftig tief. J W.

In fiebriger Hast drehten wir den Körper um, und es war tatsächlich dasselbe Gesicht, die vorspringende Stirn, die tiefliegenden, tierischen Augen, die mich im Kerzenlicht über die Felskante angestarrt hatten. Da erinnerte ich mich, daß Sir Henry seine alte Garderobe Barrymore übermacht hatte, und Barrymore mußte sie an Selden weitergegeben haben. Stiefel, Hemd, Mütze -alles hatte Sir Henry gehört. Holmes war klar, daß die Kleider der Tod des armen Teufels gewesen waren. Der Hund, sagte er, mußte auf Sir Henrys Stiefel angesetzt gewesen sein, den man im Hotel entwendet hatte, und hatte daher diesen Mann gehetzt. Aber einige Geheimnisse waren noch ungelöst - warum hatte ein harter Mann wie Selden mit seinen Schreien die neuerliche Gefangennahme riskiert, als doch "nur" ein Hund hinter ihm her war, und warum war der Hund genau in dieser Nacht auf dem Moor losgelassen?

Zwar schlimm genug, doch hatte dieser Mann zumindest nach den Gesetzen seines Landes den Tod verdient.

Das hübschere der beiden Probleme.

Wir waren dabei, den Leichnam zu einer der Hütten zu schleppen, wo wir ihn lassen wollten, bis wir am nächsten Morgen die Polizei verständigen konnten, als wir im Mondlicht die schmächtige Gestalt, den munteren Schritt und das Glimmen der Zigarre des Naturforschers Stapleton erkannten, der über das Moor auf uns zu kam. Er begrüßte uns überrascht und beugte sich dann besorgt über den Leichnam neben uns - er glaubte, wie wir zuvor, es wäre Sir Henry. Wir sagten ihm, wer es war, und er war offensichtlich verblüfft. Er sagte, auch er habe einen Schrei vernommen und sei deshalb hergekommen. Er hatte sich Sorgen um Sir Henry gemacht, weil er dem Baronet vorgeschlagen hatte, an diesem Abend nach Merripit House herüberzukommen. Als Sir Henry nicht gekommen war, glaubte er ihn in Gefahr, als er die Schreie auf dem Moor

hörte. Er fragte, ob wir noch andere Geräusche gehört hätten – vielleicht von dem Hund, von dem die Bauern manchmal sprachen? Dann fragte er, woran der Mann unseres Erachtens gestorben sei, und ich antwortete, daß Angst und Erschöpfung ihn zweifelsohne kopflos gemacht hätten, daß er wie verrückt über das Moor gerannt und schließlich über die Klippe gestürzt sei und sich so das Genick gebrochen habe.

Stapleton erkannte Holmes und sagte, er habe den Detektiv in Dartmoor erwartet, seit ich herabgekommen sei. Zu meiner Überraschung bemerkte Holmes, er kehre morgen nach London zurück, weil das kein sehr befriedigender Fall gewesen sei, aber man könne nicht immer den erhofften Erfolg haben. Wir kamen überein, den Leichnam bis zum Morgen – mit verhülltem Gesicht – an Ort und Stelle liegen zu lassen, weil Stapleton meinte, der Schock für seine Schwester könne zu groß sein, wenn wir ihn nach Merripit brächten.

Nachdem Holmes und ich die Einladung des Naturforschers, selbst mitzukommen, abgelehnt hatten, machten wir uns nach Baskerville Hall auf. Auf dem Rückweg sprachen wir über die teuflische Gerissenheit unseres Gegners, und wie zuviel Vertrauen in die eigene Schläue den eigenen Ruin bedeuten könne. Holmes widerstand erneut meinem Tatendrang, bis wir unserem Kontrahenten etwas beweisen könnten. Wenn er sich eines menschlichen Werkzeugs bediene, sagte Holmes, könnten wir Beweise finden, aber wenn wir einfach dieses riesige Hundebiest ans Tageslicht zerrten, würde uns das nicht helfen, seinem Verbündeten die Schlinge um den Hals zu legen.

Wir hätten noch nicht einmal den Schatten eines Falles zusammen, meinte Holmes. Vor Gericht würde man uns auslachen. Sir Charles habe keine Spur an sich gehabt. Er sei allein aus Furcht gestorben. Wie könnten wir zwölf stumpfsinnige Geschworene dazu bringen, an einen Hund zu glauben, der ihn in den Tod getrieben hätte, wenn an seiner Leiche keine Bißspuren waren? Und heute abend hätten wir den Hund nicht selbst gesehen, wir könnten nicht beweisen, daß er den Mann gehetzt habe, und es gebe kein Motiv.

Ich sagte Ihnen bereits in London, daß wir es mit einem Gegner zu tun haben, der unserer Klinge würdig ist. Mein lieber Watson, Sie wurden als Mann der Tat geboren. Ihr Instinkt treibt Sie stets dazu, etwas Energisches zu tun.

Es war klar, daß Holmes seine eigenen Pläne hatte, und ich konnte nichts weiter aus ihm herauskriegen. Er erzählte mir bloß, daß er Sir Henry von seiner Anwesenheit in Kenntnis setzen werde, aber ich sollte ihm nichts von dem Hund sagen – er hätte für die morgige Probe bessere Nerven, wenn er glaube, daß Seldens Tod einfach die Folge davon gewesen wäre, daß die Entbehrungen ihn verrückt gemacht hätten.

Das Unheil des folgenden Tages war durchaus genug.

Sir Henry war eher erfreut als überrascht, Sherlock Holmes zu sehen, da er seit einigen Tagen erwartet hatte, daß die jüngsten Ereignisse ihn von London hertreiben würden. Wir berichteten ihm so viel von unserem Erlebnis, wie es ratsam schien, und ich hatte die unerfreuliche Pflicht, Barrymore und seiner Frau das Geschehene beizubringen. Für ihn war es eine Erleichterung, aber sie weinte bitterliche Tränen in ihre Schürze. Für alle Welt war Selden ein Mann der Gewalt gewesen, halb Tier und halb Teufel, aber für sie war er immer der kleine, eigensinnige Knabe ihrer Kindheit gewesen, das Kind, das sich an ihre Hand geklammert hatte.

Wahrlich verflucht ist der Mann, der von keiner Frau beweint wird. J.V.

Der Baronet war ziemlich stolz darauf, daß er sein Versprechen an Holmes gehalten hatte, nicht allein auszugehen, und Stapletons Einladung an diesem Abend widerstanden hatte, aber Holmes warnte uns alle, daß wir, was das Verschweigen von Seldens Schlupfwinkel anging, auf der falschen Seite des Gesetzes stünden. Dann erklärte er Sir Henry, der Baronet müsse nun alle Anweisungen, die Holmes gebe, befolgen; nur wenn er das täte, sei das Problem bald gelöst.

Watsons Berichte sind in dieser Hinsicht höchst belastende Dokumente

Dann fing er an, genau zu erklären, was Sir Henry tun solle, als er die Porträts bemerkte, die eine Wand bedeckten. Er starrte wie gebannt darauf und seine Augen leuchteten in amüsiertem Triumph. Er entschuldigte sich bei Sir Henry für die Bewunderung des Kunstbeflissenen und bemerkte, es sei wirklich eine schöne Sammlung. Sir Henry war geschmeichelt, gab aber zu, er könne Pferde oder Stiere besser beurteilen als Bilder. Holmes erwiderte, er wisse, was gut sei, wenn er es sehe, und jetzt sehe er es. Er schwor, die Dame in dem blauen Seidenkostüm sei ein Kneller, und der stämmige Gentleman mit Perücke ein Reynolds. Offenbar hatte Barrymore Sir Henry die Namen der

Watson will nichts davon hören, daß ich etwas davon verstehe, aber das ist reine Eifersucht, weil unsere Ansichten zu diesem Thema voneinander abweichen.

Porträtierten eingepaukt, denn er konnte angeben, daß der Mann mit dem Fernrohr der Konteradmiral Baskerville sei, der unter Rodney in den West Indies war, und ein anderer mit einem blauen Rock und einer Schriftrolle war Sir William Baskerville, unter Pitt Ausschußvorsitzender im Unterhaus. Holmes fragte nach einem Kavalier in schwarzem Samt und Spitzenkragen. Das, sagte Sir Henry, sei der Urheber allen Unheils: der böse Hugo.

Ich betrachtete das Porträt interessiert und ein wenig verwundert, und Holmes bemerkte, er wirke wie ein ruhiger, sanftmütiger Mann, obwohl vielleicht in seinen Augen etwas Teuflisches lauere. Er hatte sich Hugo robuster vorgestellt. Doch auf der Rückseite der Leinwand standen Name und Datum - 1647. Holmes starrte das Porträt während des Essens die ganze Zeit an, aber erst, als Sir Henry auf sein Zimmer gegangen war, erlaubte er mir, seinem Gedankengang zu folgen. Er fragte mich wie so oft, was ich sähe. Ich sah einen breitkrempigen Hut, die gekräuselten Schmachtlocken, den weißen Spitzenkragen und das gerade, strenge Gesicht, das sie einrahmten. Es war nicht brutal, aber nüchtern, hart und streng, mit einem festgeschlossenen, dünnlippigen Mund und kalten, unduldsamen Augen. Das Kinn erinnerte ein wenig an Sir Henry.

Holmes stellte sich auf einen Stuhl, hob mit der linken Hand die Kerze, legte den rechten Arm über den weiten Hut und um die langen Locken. Ich war verblüfft: Sofort kam ein anderes Gesicht zum Vorschein - mit Sicherheit ein Baskerville. Dieses Bild, sagte Holmes, habe ihm eines der wichtigsten fehlenden Glieder verschafft. Er brach in Lachen aus und schwor, vor morgen abend hätten wir unseren Fisch im Netz und die Sammlung der Baker Street um einen Namen bereichert.

Meine Augen sind darauf trainiert, Gesichter und nicht ihre Aufmachung zu erkennen. Es ist die oberste Fähigkeit eines Detektivs, Verkleidungen zu durchschauen.

Ich habe ihn nicht oft lachen hören, und es hat immer Schlechtes für jemand anderen bedeutet.

J.W.

Das zweite Opfer des Hundes.
Dartmoor
Oktober 1888

Sir Hugo Baskerville, 1647

An Cartwright
c/o Postamt Grimpson

Freitag.

Alles in Ordnung. Habe Dr. Watson getroffen und
bin bei Sir Henry in Baskerville Hall gewesen.
Erwarte mich heute mittag am Bahnhof
zwecks weiterer Anweisungen.

Holmes

A.
Prefix............Code............

POST OFFICE TELEGRAPHS.
(Inland Telegrams.)

No. of Message 29

Office of Origin and Service Instructions. Grimpen

Words: 30 — Charge: 1/6

Sent: At 8 p.m — To SCOTLAND YARD — By JH

(A Receipt for the Charges on this Telegram can be obtained, price one penny.)

Please Write Distinctly.

FROM
HOLMES
BASKERVILLE HALL

Addresses Pres.
LESTRADE
SCOTLAND YARD
LONDON

	BETRIFFT	VORIGE	NACHRICHT	DRINGEND	STOP
1/-	NEHMEN	SIE	HEUTE	ERSTEN	ZUG
	TREFFE	SIE	COOMBE	TRACEY	STOP
	GRÖSSTE	SACHE	SEIT	JAHREN	WENN
1/3	WIR	HEUTE	ABEND	SCHURKEN	KRIEGEN
1/6	STOP	ANKUNFTSZEIT	TELEGRAPHIEREN	STOP	HOLMES

BALANCE OF PORTERAGE
REFUNDED

NOTICE TO THE SENDER OF THIS TELEGRAM.
This Telegram will be accepted for transmission subject to the Regulations made pursuant to the 15th Section of the Telegraph Act, 1869, and to the Notice printed at the back hereof.

(HARRISON & SONS, PRINTERS, LONDON.)

Freitag, 19. Oktober

Morgens früh aus den Federn, aber Holmes war noch früher auf den Beinen, denn ich sah ihn, als ich mich ankleidete, die Zufahrt hinaufkommen. Er war bereits in Grimpen gewesen und rieb sich tatendurstig die Hände. Er hatte wegen Seldens Tod ein Telegramm nach Princetown geschickt, so daß wir uns nicht weiter um die Sache kümmer müßten, eine Nachricht an seinen treuen Cartwright, um den Burschen zu beruhigen, und ein Telegramm an Scotland Yard in London.

Er wäre sicherlich am Eingang meiner Hütte verhungert, wie ein Hund am Grabe seines Herrn.

"Wir haben einen ausgefüllten Tag vor uns," sagte er. "Die Netze sind alle ausgelegt, und der Fischzug kann beginnen. Vor Tagesende wissen wir, ob wir unseren schlauen Hecht gefangen haben oder ob er durch die Maschen geschlüpft ist."

Dann gab Holmes Sir Henry und mir seine Anweisungen, wobei der Baronet bemerkte, mein Gefährte sehe aus wie ein General, der mit seinem Stab einen Schlachtplan entwerfe. Sir Henry und ich waren beide für heute abend bei den Stapletons zum Essen eingeladen, doch Holmes sagte, ich müsse leider sofort nach dem Frühstück mit i;u nach London zurückkehren. Sir Henry solle aber gehen.

Der Baronet war offensichtlich sehr gekränkt von dem, was er als unsere Fahnenflucht betrachtete, und etwas unmutig darüber, allein zurückgelassen zu werden. Er wollte mit uns nach London kommen, Holmes aber erinnerte ihn daran, daß er versprochen hatte, zu tun, was ihm aufgetragen sei, und daß seine Posten auf dem Dartmoor sei. Er versicherte Sir Henry, es seien allerdringlichste Geschäfte, die unsere Anwesenheit in der Stadt erforderten, und wir hofften, bald nach Devonshire zurückzukehren. Er solle den Stapletons mein nachdrückliches Bedauern ausrichten.

Dann gab Holmes Sir Henry eine letzte Anweisung: Er solle sich heute abend von Perkins nach Merripit fahren lassen, dann den Wagen zurückschicken und alle wissen lassen, daß er vorhabe, nach dem Essen über das Moor nach Hause zu gehen.

"Wenn Ihnen Ihr Leben lieb ist," schärfte ihm Holmes ein, "gehen Sie in keine andere Richtung über das Moor als auf dem geraden Weg,

der von Merripit House zur Grimpen Road führt und für Sie der kürzeste Weg nach Hause ist."

Sir Henry protestierte: Allein über das Moor zu gehen, sei genau das, wovor Holmes ihn gewarnt habe, aber mein Freund versicherte, diesmal könne er es ruhig tun, und er vertraue auf die Nerven und den Mut des Baronets. Also willigte Baskerville ein.

Ich war natürlich ziemlich erstaunt von diesem Programm, denn Holmes hatte mir nichts davon erzählt, und ich hatte mich auf das Essen und die Gesellschaft heute abend gefreut. Ich konnte nicht verstehen, wieso Holmes wünschte, daß ich mit ihm nach London fahre, so daß wir beide in einem Moment nicht zur Stelle wären, den er selbst als kritisch bezeichnet hatte, aber er wollte mich nicht aufklären, und ich wußte, daß ich nichts aus ihm herausbekäme, bis er mir etwas erzählen wollte. So blieb mir nichts übrig, als ihm zu folgen.

Wir fuhren nach Coombe Tracey - eine Fahrt von ein paar Stunden - und ließen den bestürzten Baronet zurück. Cartwright erwartete uns am Bahnhof. Holmes wies ihn an, den nächsten Zug nach London zu nehmen und dann in Holmes' Namen Sir Henry zu telegraphieren, er möge nach einem Notizbuch schauen, das Holmes in Baskerville Hall verloren habe. Dann holte Holmes selbst am Bahnhofs-Postamt ein Telegramm ab. Es war von Scotland Yard.

"Also, Watson," sagte er, "ich glaube, wir können unsere Zeit nicht besser nutzen als mit einem Besuch bei Ihrer Bekannten, Mrs. Laura Lyons."

Allmählich wurde mir sein Schlachtplan klar. Der Baronet war überzeugt, daß wir in London waren, und daher würde er auch alle anderen überzeugen. Das Telegramm, das Cartwright in Holmes' Namen aus London schicken sollte, würde Sir Henrys letzten Verdacht ausräumen. Unser Unhold würde nicht vermuten, daß wir tatsächlich in dem Moment, da wir wahrscheinlich gebraucht würden, zur Stelle wären.

Wir fanden Laura Lyons in ihrem Büro. Holmes fragte sie direkt, warum sie ihr Rendezvous mit Sir Charles verschwiegen habe, und verlangte zu wissen, worin die Verbindung zwischen ihrer Bitte, Sir

Charles um zehn Uhr abends am Tor zu treffen, und dem Umstand bestehe, daß dies der Ort und die Stunde seines Todes gewesen sei. Sie leugnete jede Verbindung zwischen den beiden Ereignissen, aber Holmes bestand darauf, weil er die Sache als Mordfall betrachte. Das Beweismaterial, sagte er, würde nicht nur sie, sondern auch einige ihrer Freunde belasten.

In diesem Fall hätte es sich wirklich um einen außerordentlichen Zufall handeln müssen.

Als Holmes die Namen der anderen Verdächtigen nannte, sprang Laury Lyons auf und forderte uns mit flammendem Blick auf, das zu beweisen. Holmes zog mehrere Papiere aus der Tasche. Eines war eine vier Jahre alte Photographie mit der Aufschrift "Mr. und Mr Vandeleur." Außerdem waren einige Beschreibungen der Vandeleurs von "glaubwürdigen Zeugen" darunter. Laura Lyons hatte keine Mühe, die Photos und die Beschreibungen zu erkennen, obwohl mir die Sache zunächst nicht klar war. Sie blickte uns mit dem gefaßten, starren Gesicht einer verweifelten Frau an.

Schließlich erzählte sie uns die ganze Wahrheit über ihre Nachricht an Sir Charles Baskerville, aber ich hatte schon zuvor "Wahrheiten" von Mrs. Laura Lyons gehört und schwor mir, sie würde mehr als bloße Worte brauchen, um mich zu überzeugen. Ich war nicht sicher, ob Holmes genauso dachte wie ich - ob sein Scharfsinn eine neue Falle stellte oder ob er ihr glaubte -, denn er meinte, sie sei mit knapper Not davongekommen, nachdem sie sich ein paar Monate lang am Rande des Abgrunds bewegt habe. Dann verabschiedeten wir uns, wobei er sagte, wahrscheinlich werde sie sehr bald wieder von uns hören.

Wir kehrten zum Bahnhof zurück, um auf die Ankunft des Expreß-Zuges aus London zu warten. Holmes war hocherfreut, daß sich eine Schwierigkeit nach der anderen vor uns auflöste. Er erklärte, bald werde er in der Lage sein, eines der einzigartigsten und sensationellsten Verbrechen der Neuzeit in einem zusammenhängenden Bericht darzustellen.

"Die Studenten der Kriminalistik", sagte er, "werden sich an ähnliche Vorfälle in Gedno in Weißrußland im Jahre '66 erinnern, und natürlich gibt es auch noch die Andersen-Morde in North Carolina, doch hat dieser Fall einige ganz eigene Wesenszüge. Immer noch haben wir keine

einwandfreien Beweise gegen unseren sehr gerissenen Gegenspieler. Aber ich müßte mich schon sehr täuschen, wenn sie nicht hieb- und stichfest genug sind, bevor wir heute abend zu Bett gehen."

In diesem Moment brauste der Schnellzug aus London in den Bahnhof, und eine kleine, drahtige Bulldogge von einem Mann sprang aus dem Erster-Klasse-Waggon. Wir schüttelten uns die Hände, und ich merkte an der Ehrfurcht, mit der Lestrade meinen Gefährten anblickte, daß er eine Menge gelernt hatte, seit wir das erste Mal zusammengearbeitet hatten.*

Holmes sagte, uns blieben noch zwei Stunden, bevor wir an den Aufbruch denken müßten. Er schlug vor, die Zeit beim Essen zu verbringen. Danach, versprach er, würde er den Londoner Nebel aus Lestrades Mund vertreiben, indem er ihm die klare Nachtluft des Dartmoor zu schnuppern gäbe.

Lestrade war noch nie in Dartmoor gewesen.

"Ich glaube, Sie werden Ihren ersten Besuch nie vergessen," meinte Holmes.

Ich konnte mich noch gut an die Verachtung erinnern, die die Theorien des Denkers bei dem Mann der Praxis damals hervorriefen.

J. W.

Lestrade ist der beste aller Profis – und ich dachte, wir würden seine Hilfe brauchen.

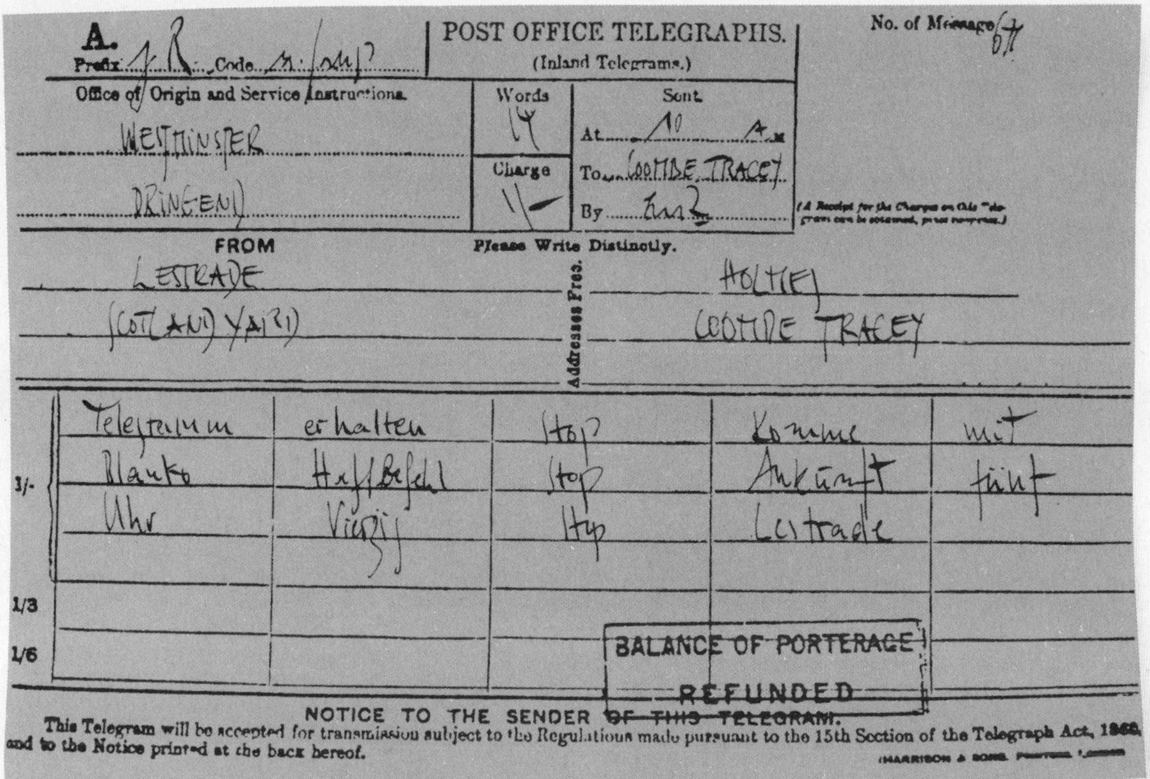

A.

Prefix J. R. Code ...

POST OFFICE TELEGRAPHS.

(Inland Telegrams.)

No. of Message 67

Office of Origin and Service Instructions.

WESTMINSTER

DRINGEND

Words 14

Charge 1/-

Sent.

At 10 A.M.

To COOMBE TRACEY

By ...

(A Receipt for the Charges on this Telegram can be obtained, price one penny.)

FROM

LESTRADE

SCOTLAND YARD

Please Write Distinctly.

Addresses Fres.

HOLMES

COOMBE TRACEY

	Telegramm	erhalten	Stop	Komme	mit
1/-	Blanko	Haftbefehl	Stop	Ankunft	fünf
	Uhr	Vierzig	Stop	Lestrade	
1/3					
1/6					

BALANCE OF PORTERAGE REFUNDED

NOTICE TO THE SENDER OF THIS TELEGRAM.

This Telegram will be accepted for transmission subject to the Regulations made pursuant to the 15th Section of the Telegraph Act, 1868, and to the Notice printed at the back hereof.

(HARRISON & SONS, PRINTERS, LONDON)

Mr. & Mrs. Vandeleur.

SOLIDE UND GRÜNDLICHE AUSBILDUNG

Privatschule St. Oliver

YORKSHIRE

DIREKTOR:

Mr. J. Vandeleur, M.A.

Unterstützt von einem fähigen Kollegium ständiger Mitarbeiter und Gastdozenten.

Ausschnitt aus einer Anzeigenseite.

No.6

DIVISIONAL POLICE REPORT

Yorkshire

18 88

Folgende Personenbeschreibungen wurden beim Verschwinden der Besagten im August 1886 von verläßlichen Zeugen gemacht. Sie werden auf Ersuchen von Mr. Sherlock Holmes erneut zusammengestellt, der in Zusammenarbeit mit Scotland Yard Ermittlungen anstellt.

(1) "Mr. & Mrs. Vandeleur waren ein seltsames Paar. Er war kühl und beherrscht; sie aber war ein leidenschaftliches Geschöpf, das Gesellschaft liebte – für sie paßte das Stadtleben besser. Kein Wunder, daß sie in Schwierigkeiten geraten sind."

(2) "Vandeleur war ein Halunke, ein Hochstapler, ein pompöser Esel. Seine Tricks hat er sicher in der richtigen Schule gelernt, aber er war kein Mann, den man gern im Rücken hat. Manche würden sagen, er hatte einen gewissen Charme – immer spielte er irgendeine Rolle, ein agiler Schauspieler, aber unter der Schminke gerissen und schleimig – eine Sorte Mensch, der seine Fähigkeiten für üble Ziele einsetzt. Was ist wohl aus seiner Frau geworden? Ein stolzes kleines Ding, hochfahrend – hat nie so richtig dazu gepaßt."

(3) "Mrs. Vandeleur – ich entsinne mich – nicht gerade eine perfekte Figur natürlich, aber wer hat die schon, bei dieser Mode heutzutage! Ein bißchen zu...nun...auf ihr Wohl bedacht – nicht, daß es den Männern was ausgemacht hätte! Hat sie wirklich eine Perücke getragen? Wir hatten immer das Gefühl, es ist eher eine Partnerschaft als eine Ehe. Er war ein Schurke, kein Zweifel – manchmal recht entwaffnend, aber immerhin ein Schurke."

A. Prefix [illegible] Code [illegible]

POST OFFICE TELEGRAPHS.

(Inland Telegrams.)

No. of Message [illegible]

Office of Origin and Service Instructions. Regent Street

Words 20

Charge 1/-

Sent. At 5 p.m. To Grimpen By [illegible]

(A Receipt for the Charges on this Telegram can be obtained, price one penny.)

Please Write Distinctly.

FROM

Holmes

221B Baker Street

Addresses Fres.

Sir Henry Baskerville

Baskerville Hall

	Notizbuch	in	der	Hall	verloren
1/-	Stop	Wenn	gefunden	bitte	per
	Einschreiben	an	221 B	Baker	Street
	London	schicken	Stop	Danke	Holmes
1/3					
1/6					

BALANCE OF PORTERAGE

REFUNDED

NOTICE TO THE SENDER OF THIS TELEGRAM.

This Telegram will be accepted for transmission subject to the Regulations made pursuant to the 15th Section of the Telegraph Act, 1868, and to the Notice printed at the back hereof.

HARRISON & SONS, PRINTERS, LONDON

Freitag, 19. Oktober, Forts.

Einer von Sherlock Holmes' Fehlern - wenn man es denn einen Fehler nennen darf - ist, daß es ihm außerordentlich widerstrebt, seine Pläne jemand anderem mitzuteilen. Sein gebieterisches Wesen liebt es, seine Umgebung zu beherrschen und zu überraschen, und seine professionelle Vorsicht nötigt ihn, niemals ein Risiko einzugehen. Nie war die Wirkung davon so aufreibend wie bei unserer langen Fahrt durch die Dunkelheit. Das große Wagnis lag vor uns, doch Holmes sagte nichts, und ich konnte nur mutmaßen, was er zu tun gedachte. Wir sprachen von Alltäglichem, als unsere Nerven vor Aufregung und Erwartung bebten.

Als wir an Franklands Haus vorbeigefahren waren und in die Nähe der Hall kamen, schickten wir den Wagen nach Coombe Tracey zurück und gingen zu Fuß nach Merripit House. Wir waren alle drei bewaffnet. Lestrade blickte schaudernd auf den großen See aus Nebel, der über dem Grimpener Sumpf hing, und Holmes bat uns, auf Zehenspitzen zu gehen und nicht lauter als im Flüsterton zu sprechen, wenn das Ziel unserer Expedition in den Blick käme. Wir blieben zweihundert Yard vor dem Haus stehen, um uns zu verstecken. Holmes schickte mich vor, um zu sehen, was los war. Ich hielt mich im Schatten der niedrigen Mauer, die den kümmerlichen Obstgarten umgab und spähte durch das unverhangene Fenster.

Nur zwei Menschen befanden sich in dem Zimmer. Sie saßen sich mit mir zugewandtem Profil an einem runden Tisch gegenüber. Einer der beiden sprach lebhaft, der andere aber wirkte blaß und bekümmert. Während ich noch zusah, kam ersterer einen Moment zu einem Häuschen in der Ecke des Obstgartens heraus und stieß dann wieder zu dem anderen, der sich nachgeschenkt und im Sessel zurückgelehnt hatte. Ich kehrte zu Holmes zurück, um ihm davon zu berichten.

Der dichte weiße Nebel über dem Moor zog langsam in unsere Richtung und türmte sich wie eine Mauer neben uns auf. Mit dem Mondschein darauf sah es aus wie eine große, schimmernde Eisfläche, aus der die Spitzen der fernen Tors herausragten wie Felsen. Es war bereits zehn Uhr, und Holmes machte sich Sorgen, daß der Nebel unsere Pläne verei-

teln könne, da ein Leben davon abhinge, ob etwas Bestimmtes passierte, bevor der Nebel den Pfad einhüllen werde.

In der Küche ging ein Licht aus, und wir vermuteten, die Diener hätten diesen Raum verlassen. In dem anderen Zimmer jedoch plauderten die beiden Gestalten immer noch über ihren Drinks. Die ersten Nebelschwaden strichen bereits am goldenen Viereck des erleuchteten Fensters vorbei. Um beide Ecken des Hauses krochen die Nebelkräusel und rollten sich langsam zu einer dichten Nebelbank zusammen, auf der Obergeschoß und Dach trieben wie ein seltsames Schiff auf einem Schattenmeer. Holmes stampfte ungeduldig mit den Füßen auf und meinte, in einer halben Stunde könnten wir nicht mehr die Hand vor den Augen sehen. Wir zogen uns auf höheres Gelände zurück, bis wir eine halbe Meile vom Haus entfernt waren, aber Holmes befürchtete, zu weit weg davon zu sein, um rechtzeitig einschreiten zu können. Dann ließ er sich plötzlich auf die Knie fallen, legte sein Ohr auf den Boden und sagte, er höre jemanden kommen.

Schnelle Schritte durchbrachen die Stille. Zwischen den Steinen hingekauert, blickten wir gebannt auf den Weg. Die Schritte wurden lauter, und wie durch einen Vorhang trat ein Mann, der sich überrascht in der sternenklaren Nacht umblickte und dann eilig den Pfad entlang kam, dicht neben an der Stelle, wo wir lagen, und weiter auf den langen Berghang hinter uns, wobei er sich ständig über beide Schultern umsah, wie jemand, dem unheimlich zumute ist.

Ich hörte ein scharfes Klicken, als Holmes seine Pistole spannte. Aus der herankriechenden Nebelbank war ein dünnes, trockenes, stetiges Getrappel zu hören. Die Wolke war keine fünfzig Yard von uns entfernt, und wir starrten darauf, ungewiß, welcher Schrecken daraus losbrechen werde. Holmes' Gesicht war bleich, aber triumphierend, und seine Augen spiegelten hell das Mondlicht. Plötzlich aber fixierten sie starr einen Punkt vor ihm und die Lippen öffneten sich vor Erstaunen. Im gleichen Moment stieß Lestrade einen Schreckensschrei aus und warf sich mit dem Gesicht nach unten zu Boden. Ich sprang auf, meine zitternde Hand umklammerte die Pistole, aber mein Verstand war wie ge-

lähmt war vom Anblick des grausigen Geschöpfs, das uns aus den Nebelschatten entgegentobte. Ein Hund war es – ein riesiger, kohlschwarzer Hund, aber kein Hund, wie ihn sterbliche Augen je gesehen hatten. Feuer schlug aus seinem offenen Rachen, seine Augen glühten in funkelndem Glanz, Schnauze, Nacken und Wamme waren von flackernden Flammen nachgezeichnet. Nichts Wilderes, Abstoßenderes, Höllischeres hätte der Fiebertraum eines kranken Hirnes ersinnen können als diese dunkle Form und wütende Fratze, die auf uns losstürmte.

Mit langen Sätzen jagte die riesige Bestie den Weg hinab und folgte dem Mann dicht auf den Fersen. Sie war an uns vorbei, bevor wir wieder zu Sinnen gekommen waren. Holmes und ich schossen gleichzeitig; die Bestie heulte schauerlich auf, blieb aber nicht stehen, sondern tobte weiter. Wir sahen, wie das Opfer, das Gesicht vom Mondlicht gebleicht, mit entsetzt erhobenen Händen zurückblickte und hilflos auf den entsetzlichen Verfolger starrte.

Nie habe ich einen Mann so rennen sehen wie Holmes in jener Nacht. Ich gelte als schneller Läufer, aber er ließ mich so weit hinter sich zurück wie ich den kleinen Polizisten. Vor uns hörten wir Schrei auf Schrei und das tiefe Grollen des Hundes. Ich sah noch, wie die Bestie ihr Opfer ansprang, die Gestalt zu Boden riß und nach ihrer Kehle schnappte. Im nächsten Moment aber hatte Holmes fünf Kammern seines Revolvers in die Flanke des Tieres geleert. Mit einem letzten Todesschrei und einem wütenden Schnapp in die Luft wälzte es sich auf den Rücken und fiel dann schlaff auf die Seite. Ich preßte meine Pistole gegen den furchtbaren, glänzenden Kopf, doch der Hund war tot.

Das Aufjaulen des Hundes hatte unsere Angst verfliegen lassen. Wenn er verletzt war, war er auch sterblich. J.U.

Sein Opfer lag leblos da. Wir rissen ihm die Kleidung auf und seufzten erleichtert auf, als keine Wunde zu sehen war –die Rettung war rechtzeitig gekommen. Seine Lider zuckten, und man konnte eine schwachen Versuch erkennen, sich zu bewegen. Lestrade zog seinen Brandy-Flakon heraus, und zwei erschreckte Augen blickten zu uns auf.

Das Tier selbst war kein reiner Bluthund und keine reine Dogge, sondern eine Kreuzung aus beidem – hager, wild und so groß wie eine kleine Löwin. Selbst jetzt, in der Reglosigkeit des Todes, schienen

blaue Flammen aus den mächtigen Lefzen zu triefen, und die kleinen, tiefliegenden, grausamen Augen waren vom Feuer umgeben. Ich legte meine Hand auf die glühende Schnauze, und als ich meine Finger emporhielt, glommen und glühten sie in der Dunkelheit. Es war Phosphor.

Ein geschickt zubereitetes Präparat. Es hatte keinen Geruch, der die Witterung des Hundes beeinträchtigt hätte.

Das Opfer der Bestie versuchte - nach einem weiteren Mundvoll Brandy - sich aufzurappeln, war aber immer noch leichenblaß und zitterte am ganzen Körper, so daß wir halfen, so gut wir konnten - bis Holmes sagte, wir müßten nun aufbrechen, weil unsere Arbeit zu Ende gebracht werden müsse und jeder Moment zähle. Der Fall sei nun komplett, aber die Schüsse hätten den Verbrecher sicher gewarnt, daß das Spiel aus sei.

Wir kehrten zum Merripit House zurück und fanden eins der Schlafzimmer im Obergeschoß verschlossen. Holmes trat genau über dem Schloß gegen die Tür, und sie flog auf. Mit gezücktem Revolver stürmten wir in den Raum, doch keine Spur war von einem verzweifelten Schurken. Stattdessen stellten wir fest, daß man den Raum zu einem kleinen Museum gemacht hatte: An den Wänden hingen einige Glaskästen mit einer Schmetterlings- und Faltersammlung. Mitten im Raum stand ein senkrechter Pfeiler. Daran war ein Mensch gebunden - so eingehüllt und mit Tüchern vermummt, daß man nicht sehen konnte, ob es ein Mann oder eine Frau war. Ein Handtuch lag über der Kehle und war hinter dem Pfosten verknotet. Ein weiteres bedeckte die untere Hälfte des Gesichts und darüber starrten uns zwei angstvoll fragende Augen entgegen. Wir rissen den Knebel ab, lösten die Fesseln, und das arme Wesen sank zu Boden. Über den Hals verlief deutlich die rote Spur eines Peitschenhiebes.

Als wir erzählten, daß der Hund tot sei, erfuhren wir, wo wir den Verbrecher finden könnten, aber Holmes blickte auf die Nebelbank, die wie weiße Watte vor dem Fenster lag, und uns allen war klar, daß eine Verfolgung vergeblich sei, bis der Nebel sich verzogen habe. Inzwischen überließen wir Lestrade das Haus, während Holmes und ich zu dem Opfer des Hundes auf dem Moor zurückgingen, dessen Nerven so erschüttert waren, daß es noch vor dem Morgen in hohem Fieber delirierte.

Samstag, 20. Oktober

Heute morgen hatte sich der Nebel verzogen. Geführt von der eifrigen Gestalt, die wir gestern nacht aus Merripit House befreit hatten, fanden wir den Pfad durch den Sumpf. Hier und da zeigte ein kleiner Stecken an, wo der Weg sich um die grün beschäumten Löcher und stinkenden Gruben schlängelte, die jedem Fremden den Weg verlegen. Fauliges Ried und üppige, schleimige Wasserpflanzen verströmten starken Verwesungsgeruch und schwerer, dumpfer Brodem schlug uns ins Gesicht, als wir mehr als einmal durch einen falschen Schritt bis zur Hüfte in dem dunklen, schaumigen Moor versanken, das sonst sanft um unsere Füße schwappte. Sein zäher Griff zerrte an unseren Sohlen, als ob eine tückische Hand uns in diese unergründlichen Tiefen hinabzöge. Nur einmal sahen wir ein Anzeichen, daß jemand vor uns hier entlang gekommen war. Holmes fand einen alten, schwarzen Stiefel, auf dessen Innenleder die Aufschrift "Meyers, Toronto" stand. Es war Sir Henrys Stiefel.

Mehr als das sollten wir nie erfahren, obwohl wir einiges vermuten konnten. Wir hatten keine Chance, auf dem Sumpf Fußspuren zu finden, weil der schwappende Schlamm sie schnell auffüllte, doch als wir endlich festen Boden hinter dem Morast erreichten, suchten wir eifrig danach. Unsere Augen jedoch fanden nicht das geringste Zeichen. Der große Grimpener Sumpf hatte den kaltherzigen Verbrecher an sein Herz tief in den stinkenden Schleim hinabgesogen.

Wir fanden aber viele Spuren auf der sumpfumgebenen Insel, wo jener wilde Verbündete versteckt gewesen war. Ein großes Wagenrad und ein halb vom Abfall zugeschütteter Schacht zeigten den Platz einer verlassenen Mine an. Daneben standen die verfallenen Reste der Hütten von Bergleuten, die ohne Zweifel der faulige Geruch des Sumpfes vertrieben hatte. In einer davon bewiesen eine Krampe und Kette neben einem Haufen abgenagter Knochen, daß das Tier hier eingesperrt gewesen war. Auf dem Abfall lag auch ein Skelett, an dem noch ein Büschel braunes Haar haftete.

"Ein Hund!" sagte Holmes. "Wahrhaftig, ein langhaariger Spaniel."

Dies war der Ort, wo man die Bestie verborgen hatte; nur ihre Stimme war nicht immer zum Schweigen zu bringen gewesen. Wir fanden eine

Büchse mit einer Paste; unzweifelhaft die leuchtende Mixtur, mit der das Tier eingerieben worden war.
Dieser Einfall, sagte Holmes, sei natürlich der Familien-Geschichte von dem Höllenhund zu verdanken sowie dem Wunsch, Sir Charles zu Tode zu erschrecken. Kein Wunder, fügte Holmes hinzu, daß der arme Teufel von Sträfling fortgerannt sei und geschrien habe, als er dieses Geschöpf aus der Finsternis des Moores auf sich zu rasen sah. Das sei schlau ausgeheckt gewesen, denn – außer der Chance, das Opfer in den Tod zu treiben – hätte kein Bauer gewagt, solch einer Bestie genauer nachzuspüren, wenn er sie auf dem Moor zu Gesicht bekam.
Mit einer dramatischen Geste seines langen Armes wies Holmes auf die weite, gescheckte Fläche des grünen Sumpfes, die sich vor uns erstreckte, bis sie mit den rostbraunen Hängen des Moores verschmolz.
"Ich habe es schon in London gesagt, Watson," erklärte mein Gefährte, "und ich wiederhole es jetzt, daß wir noch nie dazu beigetragen

haben. einen so gefährlichen Verbrecher zu jagen
wie den, der dort unten liegt."

Ich zweifelte nicht daran.

"Der Hund der Baskervilles."

grimpener Sumpf, 20. Oktober 1888.

Etikett eines Parfümflakons, im September 1888 in London gekauft, Oktober 1888 auf dem Dartmoor gefunden.

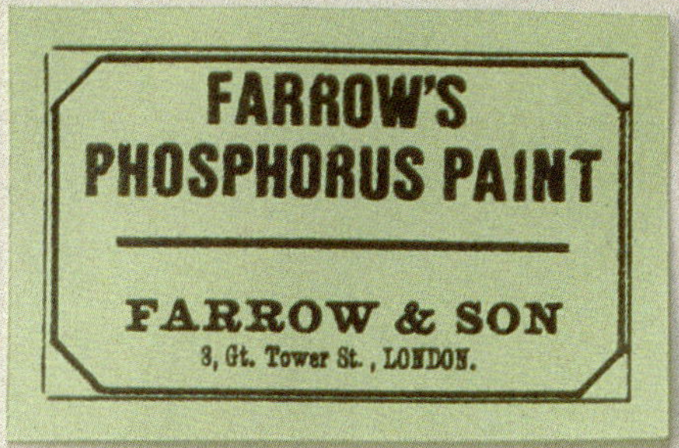
FARROW'S
PHOSPHORUS PAINT

FARROW & SON
3, Gt. Tower St., LONDON.

Etikett für Phosphorfarbe,
Grimpener Sumpf,
20. Oktober 1888.

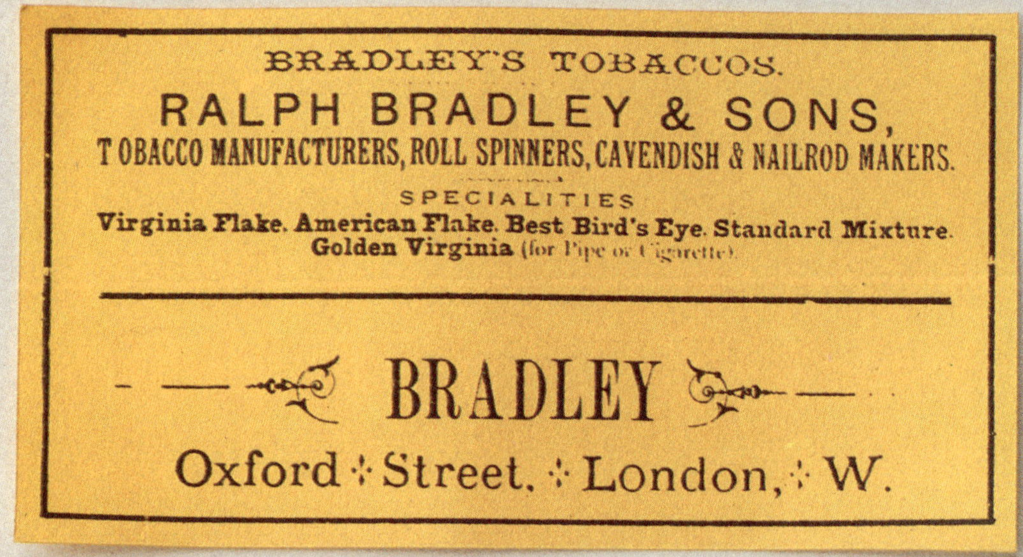

Auf dem Dartmoor gefundenes Etikett.

Aus dem Englischen von Toto Anders

Die graphische Realisation besorgten
A.B.C. Gruber und Ulrich Tillmann
Handschriftliche Zuarbeit von
Friedrich Wolfram Heubach

Die Originalausgabe dieses Buches erschien unter
dem Titel "The Hound of Baskervilles" bei Webb & Bower
Satz und Druck: Rasch, Bramsche
Buchbinderische Verarbeitung: Boss-Druck, Kleve

Printed in Germany ISBN 3-7701-1745-X

London doch nicht gut empfangen worden, als ich erst nach drei Wochen aus Devonshire zurückkam und nicht nach ein paar Tagen, wie ich versprochen hatte. Mrs. Hudson ging streng mit mir ins Gericht, ebenso Mrs. Forrester, die Wirtin meiner Zukünftigen. Doch schließlich kam in Camberwell alles zu einem guten Ende, als ich alles erklärt hatte, und ich glaube, daß ich vor einem höchst aufmerksamen Publikum einigen Ruhm eingeheimst habe, als ich von meinen Abenteuern auf dem Dartmoor berichtete. Die Damen waren überaus ergriffen, als ich den schrecklichen Hund beschrieb.

Ich werde Baker Street und Holmes vermissen, – und sogar Mrs. Hudson; ich habe aber vor, ein paar häusliche Abende damit zu verbringen, die Berichte von früheren Fällen mit Holmes zusammenzustellen. Ich kann einfach nicht glauben, daß dies das Ende unserer Zusammenarbeit ist, aber ich habe noch einmal versprochen, nicht mehr zu verreisen, und das muß ich halten – zumindest für eine Weile!

Sonntag, 25. November

Holmes wollte mich heute abend "ausführen", um unsere lange Partnerschaft zu feiern. Er hatte eine Loge für "Les Huguenots" gemietet und äußerte sich danach begeistert über De Reszkes. Ich wäre lieber in die Music Hall oder zu Gilbert & Sullivan gegangen, aber Holmes entschädigte mich mit einem ausgezeichneten Dinner bei Marcini's davor, so daß ich den größten Teil der Vorstellung verschlief. Ich war natürlich mit den Ansichten der Kritiker gut gerüstet, als ich mit meiner neuen Lebensgefährtin über die Aufführung sprach; denn es scheint mir für jede Partnerschaft wichtig, die Meinung aller Seiten einzubringen – wie bei Holmes und mir, als wir noch zusammen-arbeiteten.

Habe in letzter Zeit viel gelesen und war sehr interessiert an Stevensons "Dr. Jekyll & Mr. Hyde", einem Versuch eines "wissenschaftlichen" Romans, der meiner Meinung nach auf einem echten Fall beruht, mit dem Holmes vor ein paar Jahren zu tun hatte. Ich finde Stevensons "Kidnapped" genauso gut und viel spannender.

Ich habe Holmes natürlich gesagt, daß der Baskerville-Fall mein letzter mit ihm war. Wer in

fahren, der seine hitzige Seele hinter dem beherrschten Gebaren offenbarte. Indem er die Traulichkeiten ermutigte, versicherte er sich, daß Sir Henry oft nach Merripit House kommen würde und er so früher oder später die gewünschte Gelegenheit erhalten würde.

Sie wissen bereits von der rasenden Szene, die es gegeben haben muß, als seine Frau von seiner Beziehung zu Laura Lyons erfuhr. Er fesselte sie, damit sie keine Möglichkeit hatte, Sir Henry zu warnen, und hoffte ohne Zweifel, daß, wenn das ganze Land Sir Henrys Tod dem Fluch der Familie zuschrieb, er seine Frau dazu bewegen könne, die vollendeten Tatsachen hinzunehmen und von dem zu schweigen, was sie wußte. Dabei hat er sich, wie ich annehme, jedenfalls verrechnet, und wenn wir nicht zur Stelle gewesen wären, wäre sein Schicksal nichtsdestotrotz besiegelt gewesen. Eine Frau mit spanischem Blut verzeiht eine derartige Beleidigung nicht so leicht."

Holmes schloß damit, daß er meinte, ohne seine Notizen könne er mir keinen genaueren Bericht dieses Falles geben, aber mir schien es, als habe er etwas Wesentliches unerklärt gelassen. Wenn Stapleton das Erbe angetreten hätte, wie hätte er die Tatsache erklären können, daß er, der Erbe, unter anderem Namen so nahe des Besitztums gelebt hatte? Dies eine Mal wirkte Holmes ratlos und gab zu, daß es sich um ein beträchtliches Problem handele. Er fürchte, ich würde zuviel von ihm verlangen, wenn ich erwarte, daß er es löse.

Die Vergangenheit und Gegenwart gehören zum Gebiet meiner Ermittlungen, aber was jemand in Zukunft tun wird, ist schwer zu beantworten. Es gab drei Möglichkeiten: Er hätte seine Forderungen von Südamerika aus anmelden und das Vermögen eintreiben können, ohne je nach England zu kommen, oder er hätte für die kurze Zeit, die er in London hätte verbringen müssen, eine ausgeklügelte Verkleidung ersonnen, oder einen Komplizen mit Beweisen und Papieren versehen können, daß er der Erbe sei, und ihm dafür einen Teil des Profits überlassen. Nach dem, was wir wissen, können wir nicht daran zweifeln, daß er einen Ausweg aus dem Problem gefunden hätte.

nicht einfach hinabkommen. Ich blieb die meiste Zeit in Coombe Tracey und benutzte die Hütte nur, wenn es nötig war, am Schauplatz des Geschehens zu sein. Cartwright war mir eine große Hilfe, nicht nur mit Essen und frischer Wäsche, sondern auch, indem er Sie beobachtete, wenn ich Stapleton beobachtete. Ihre eigenen Berichte wurden von Baker Street nach Coombe Tracey geschickt und leisteten mir beträchtliche Dienste, insbesondere das eine wahre Stück von Stapletons Lebensgeschichte. Der Fall war durch die Sache mit dem entsprungenen Sträfling komplizierter geworden - aber diese haben Sie ja sehr effizient aufgeklärt, obwohl ich aufgrund meiner eigenen Beobachtungen zu denselben Schlußfolgerungen gekommen war.

So war es mir möglich, alle Fäden in der Hand zu behalten.

Als Sie mich entdeckten, war mir die ganze Angelegenheit klar, aber ich hatte nichts, was ich vor Gericht hätte vorbringen können. Nicht einmal Stapletons Anschlag auf Sir Henry, der mit dem Tod des unseligen Sträflings endete, half uns dabei, den Mann des Mordes zu überführen. Es gab keine Alternative, als ihn auf frischer Tat zu ertappen, so daß wir Sir Henry allein und scheinbar ungeschützt als Köder benutzen mußten. Um den Preis eines schweren Schocks für unseren Klienten gelang es uns so, den Fall abzuschließen und Stapleton in sein Verderben zu treiben. Eine lange Reise wird es unserem Freund ermöglichen, sich nicht nur von seinen zerrütteten Nerven, sondern auch von seinen verletzten Gefühlen zu erholen. Seine Liebe zu der Dame war tief und echt, und der traurigste Teil dieser düsteren Angelegenheit bestand für ihn darin, von ihr getäuscht worden zu sein.

Daß Sir Henry dem ausgesetzt war, ist, wie ich zugebe, ein Fehler in meiner Handhabung des Falles, doch konnten wir weder den entsetzlichen Anblick der Bestie voraussehen noch den plötzlichen Nebel.

Es besteht kein Zweifel, daß Stapleton Einfluß auf sie hatte - ob durch Liebe, Angst oder wahrscheinlich durch beides, denn es handelt sich keineswegs um unvereinbare Empfindungen. Zumindest waren sie absolut wirkungsvoll, obwohl er an die Grenzen seiner Macht stieß, als er versuchte, sie zur direkten Mordgehilfin zu machen. Sie versuchte immer wieder, Sir Henry zu warnen. Stapleton selbst scheint der Eifersucht fähig gewesen zu sein, denn als er sah, wie der Baronet der Dame den Hof machte, konnte er - obwohl es zu seinem eigenen Plan gehörte - nicht anders, als mit einem leidenschaftlichen Ausbruch dazwischenzu-

Die teuflische Schlauheit lag darin, daß es fast unmöglich sein würde, den eigentlichen Mörder anzuklagen. Stapletons einziger Komplize war einer, der ihn nie verraten konnte. Mrs. Lyons und Mrs. Stapleton hatten beide ihren Verdacht, standen aber beide unter seinem Einfluß. Nachdem er von seinem Freund Dr. Mortimer von der Ankunft Henry Baskervilles erfahren hatte, war es unerläßlich für ihn, einen persönlichen Gegenstand von Sir Henry an sich zu bringen, damit er später den Hund auf seine Spur setzen könne. Ohne Zweifel hat er den Schuhputzer oder das Zimmermädchen bestochen. Zufällig war der erste Schuh neu, daher nutzlos. Er brauchte einen alten, was bewies, daß wir es mit einem echten Hund zu tun hatten.

Es ist unmöglich, daß Stapleton nichts von der Existenz eines Erben in Kanada wußte.

Je ausgefallener ein Vorfall, desto genauer muß man ihn untersuchen; genau der Punkt, der die Sache kompliziert zu machen scheint, ist derjenige, der bei näherer Betrachtung am ehesten erhellt.

In Anbetracht seines Verhaltens neige ich zu dem Glauben, daß Stapletons verbrecherische Karriere sich nicht auf diese Affäre beschränkt hat. Während der letzten drei Jahre hat es im Westen vier bedeutende Einbrüche gegeben. Der letzte davon, im Mai in Folkestone Court, war wegen des kaltblütigen Niederschießens des Pagen bemerkenswert, der den einzelnen, maskierten Einbrecher überrascht hatte.

Ich glaube, daß sich bei Abwesenheit des Herrn von Merripit House der alte Diener Anthony um den Hund kümmerte. Er hatte die Stapletons in ihrer Zeit als Schulmeister gekannt und ist mittlerweile aus dem Land geflüchtet. Der Mann sprach, wie Mrs. Stapleton, gut Englisch, aber mit einem seltsamen, lispelnden Akzent. Der Name Anthony ist in England nicht sehr gebräuchlich , Antonio in allen spanischen oder spanisch-amerikanischen Ländern hingegen sehr. Ich selbst habe ihn den Sumpf auf dem Pfad überqueren sehen, den Stapleton markiert hatte.

Sie werden sich daran erinnern, wie ich, als ich in London die Warnung an Sir Henry untersuchte, sie mir dicht vor die Augen hielt. Dabei bemerkte ich einen schwachen Jasminduft, der auf die Beteiligung einer Dame schließen ließ, und schon begannen sich meine Gedanken auf die Stapletons zu richten. So war ich mir bezüglich des Hundes sicher und hatte den Verbrecher schon erraten, bevor wir überhaupt in den Westen gefahren sind.

Es gibt 75 Parfums, die ein Verbrechens-Experte unbedingt voneinander unterscheiden können muß, und es hat mehr als einen Fall gegeben, der von sofortiger Identifikation abhing.

Weil ich befürchtete, Stapleton aufmerksam zu machen, konnte ich doch erst als er von Sir Charles Aberglauben im Zusammenhang mit jener düsteren Legende und von seinem schwachen Herzen erfahren hatte, erdachte er eine Methode, mit der er den Baronet zu Tode bringen könne, ohne verdächtigt zu werden. Der Hund, den er in London kaufte – der wildeste, den er erstehen konnte –, und die Verwendung künstlicher Mittel, um das Untier teuflisch wirken zu lassen, waren ein Genieblitz. Er hatte bereits auf seinen Insektenjagden gelernt, in den Grimpener Sumpf einzudringen, und so ein sicheres Versteck für die Bestie gefunden. Ein- oder zweimal, als er mit dem Hund um Baskerville Hall herumstrich, wurde er von Bauern gesehen, so daß die Legende von dem Höllenhund neue Nahrung erhielt, aber er konnte Sir Charles nicht dazu verleiten, nachts sein Grundstück zu verlassen. Weder Drohungen noch Schläge konnten Stapletons Frau dazu bringen, ihn in sein Verderben zu locken.

Nachdem ihm der Einfall gekommen war, setzte er ihn mit bemerkenswertem Raffinement ins Werk.

Über geheime, mit Stecken markierte Wege.

Seine Chance kam, als Sir Charles ihn im Fall von Mrs. Laura Lyons zum Mittler seiner Mildtätigkeit machte. Indem er sich als unverheiratet ausgab, erlangte er ungebremsten Einfluß über sie. Als er erfuhr, daß Sir Charles im Begriff stand, auf Anraten Dr. Mortimers die Hall zu verlassen, überredete er Mrs. Lyons, den Brief zu schreiben, in dem sie den alten Mann beschwor, ihr am Abend vor seiner Abreise nach London eine Unterredung zu gewähren. Dann hielt er sie mit einem überzeugenden Grund von der Verabredung ab und hatte damit die gewünschte Chance.

Auf dem Rückweg von Coombe Tracey holte er seinen Hund, bepinselte ihn mit der infernalischen Farbe und brachte die Bestie zu dem Tor. Der Hund, von seinem Herrn aufgehetzt, setzte darüber und verfolgte den Baronet, der schreiend die Eibenalle hinabrannte und aus Angst und Herzschwäche tot zusammenbrach. Der Hund hatte sich auf dem grasbewachsenen Rain gehalten, während der alte Mann den Weg hinabgerannt war, so daß keine Spuren außer denen des Mannes zu finden waren. Als die Bestie ihn regungslos daliegen sah, hatte sie an ihm geschnüffelt, sich aber abgewandt, als sie bemerkte, daß er tot war. Dabei hinterließ der Hund die Spur, die Dr. Mortimer tatsächlich entdeckt hat.

Sonntag, 25. November

Ein kalter und nebliger Abend. Holmes und ich zu beiden Seiten eines prasselnden Kaminfeuers im Wohnzimmer in Baker Street. Mein Freund in ausgezeichneter Laune ob der Erfolge, die er in einer Reihe von Fällen seit dem tragischen Ausgang unseres Besuchs in Devonshire erzielt hat – insbesondere in zwei Affären überragender Bedeutung, bei deren erster er das garstige Verhalten Colonel Upwoods bloßgestellt hat, während er bei der zweiten die unglückliche Mme. Montpensier gegen die Mordanklage im Zusammenhang mit ihrer Stieftochter Mlle. Carere verteidigt hat.

[– im Zusammenhang mit dem berüchtigten Kartenspieler-Skandal im Nonpareil-Club.]

[Die junge Dame, die, wie man sich erinnern wird, ein halbes Jahr darauf lebendig und verheiratet in New York aufgespürt wurde.]

Ich hatte geduldig auf eine derartige Gelegenheit gewartet, um ihn dazu zu bewegen, die Details des Geheimnisses um Baskerville zu erörtern. Sir Henry und Dr. Mortimer hatten zu Beginn der langen Reise, die man Sir Henry zur Wiederherstellung seiner zerrütteten Nerven empfohlen hatte, Holmes am Nachmittag besucht, und so war es nur natürlich, daß das Gespräch auf dieses Thema kam. Holmes sagte, er könne nicht dafür bürgen, daß er noch alle Tatsachen im Gedächtnis habe, aber ich notierte seine Kommentare, so gut ich konnte:

[Sie werden ein paar Notizen über die Sache unter dem Buchstaben "B" in meiner Kriminalkartei finden.]

[Intensive geistige Konzentration bewirkt merkwürdigerweise, daß alles Vergangene verdrängt wird.]

"Das Ahnenporträt hat nicht gelogen. Stapleton war ein Baskerville, der Sohn jenes Rodger Baskerville, des jüngeren Bruders von Sir Charles, der mit üblem Ruf nach Südamerika geflohen war, wo er angeblich unverheiratet gestorben war. Tatsächlich aber hatte er geheiratet und ein Kind hinterlassen, diesen Burschen, dessen wirklicher Name genauso lautete wie der seines Vaters. Er heiratete Beryl Garcia, eine Schönheit aus Costa Rica, und nachdem er einen gehörigen Betrag öffentlicher Gelder unterschlagen hatte, änderte er seinen Namen zu Vandeleur und floh nach England. Hier richtete er im Osten von Yorkshire eine Schule ein, nachdem er auf der Reise einen schwindsüchtigen Lehrer namens Fraser kennengelernt hatte, dessen er sich bediente, der aber bald darauf starb. Die Schule ließ sich gut an, geriet aber dann in Verruf und Schande. Vandeleur änderte seinen Namen und zog in den Süden.

Er pflegte die Freundschaft zu Sir Charles und seinen Nachbarn,

Baskerville

B

Familienlegende von einem gespenstischen Hund ausgenutzt, um den Baronet zu ermorden, das Leben der nächsten Erben zu bedrohen und dem verbrecherischen Cousin den Weg zu ebnen.

Besondere Merkmale

Oktober 1888

1. Geschickte Ausnutzung des örtlichen Aberglaubens und der Atmosphäre des Dartmoors.
2. Hund als unauffindbarer Komplize und als Mordwerkzeug.
3. Mann und Frau als Geschwister ausgegeben, um romantische Falle zu stellen.
4. Gestohlener Stiefel setzt Hund auf die Fährte des Opfers.
5. Geborgte Kleidung führt entsprungenen Häftling der tödlichen Gerechtigkeit zu.
6. Täter gibt sich unverfroren als "Sherlock Holmes" aus.
7. Leben des Klienten durch Verzögerung bei der Überrumpelung des Verdächtigen gefährdet.
8. Festina lente! Zu große Eile vereitelt Chance, den Übeltäter zu schnappen.
9. Ahnenporträt beweist körperliche und geistige Verwandtschaft des Verbrechers mit Vorfahren aus dem 17. Jahrhundert – eine Betrachtung der Ahnengalerie reicht aus, um einen zur Lehre von der Reinkarnation zu bekehren!

Relevante Monographien:

"Exotische Typen und antique Raritäten"; "Manuskript-Deutung"; "Parfümierte Damen" (damals noch nicht fertiggestellt).

Helfer:

Lestrade von Scotland Yard; der junge Cartwright von Wilsons Express-Bureau in der Regent Street; Watson, der seine übliche gediegene Rolle gespielt hat.

ROSS & MANGLES

Hundezüchter und Tierärzte

1. April 1888

Ein Rüde, Dogge-Bluthund-Mischung

drei Jahre alt £ 5.00.00

Betrag dankend erhalten.

[illegible]

Geschäftsführer

"Cerberus", Fulham Road, London

A. Prefix Ay Code 8

POST OFFICE TELEGRAPHS.

(Inland Telegrams.)

No. of Message 41

Office of Origin and Service Instructions. York

Words 29

Charge 1/6

Sent. At 3 pm

To Regent Street

By

(A Receipt for the Charges on this Telegram can be obtained, price one penny.)

Please Write Distinctly.

FROM

Privatschul-Behörde

York

Addresses Fres.

Holmes

221 b Baker Street

London

	Bestätigen	Schliessung	Saint	Olivers	Schule
1/-	vor	vier	Jahren	wegen	finanzieller
	Unstimmigkeiten	Stop	Direktor	Vandeleur	und
	Frau	mysteriös	verschwunden	Stop	Behörde
1/3	begrüsst	Nachricht	über	Verbleib	und
1/6	weitere	Anfragen	Stop		

BALANCE OF PORTERAGE PSB REFUNDED

NOTICE TO THE SENDER ~~OF THIS TELEGRAM.~~

This Telegram will be accepted for transmission subject to the Regulations made pursuant to the 15th Section of the Telegraph Act, 1869, and to the Notice printed at the back hereof.

HARRISON & SONS, PRINTERS, LONDON

aber, ihn nicht weiter zu ermutigen, um ihn nicht tiefer in die Falle meines Mannes zu locken. Ich erfuhr vom Tod des Sträflings und wußte, daß der Hund am Abend, da Sir Henry zum Dinner kam, im Gartenhaus steckte. Ich sagte meinem Mann das Verbrechen, das er plante, auf den Kopf zu, und einer wütenden Szene, die sich anschloß, sagte er mir zum ersten Mal, daß Mrs. Laura Lyons eine Rivalin für mich war. Ich schwor, daß ich mich rächen würde, und daher fesselte er mich so, wie mich Mr. Holmes und Dr. Watson gefunden haben. Es war nicht das erste Mal, daß er körperliche Gewalt gegen mich gebraucht hatte. Meine Arme sind von blauen Flecken übersät. Mein Verstand und meine Seele sind gepeinigt und besudelt. Ich konnte alles aushalten, Schläge, Einsamkeit, ein Leben voll Falschheit, alles, solange ich mich an die Hoffnung klammern konnte, daß mir seine Liebe gehörte. Jetzt weiß ich, daß er mich auch darin zum Narren gemacht hat - er hat mich nur benutzt.

G. Lestrade

ich nie etwas anderes war als ein Werkzeug in seiner Hand. Warum sollte ich versuchen, ihn vor den Folgen seiner Verruchtheit zu schützen? Eine Sache schwöre ich Ihnen aber: Als ich den Brief schrieb, habe ich dem alten Herrn, der so ein guter Freund gewesen war, nicht einmal im Traum Böses gewollt. Stapleton hat ihn mir diktiert, und als Grund gab er an, Sir Charles könne mich bei den Gerichtskosten im Zusammenhang mit meiner Scheidung unterstützen.

Als ich dann den Brief abgeschickt hatte, überredete er mich, die Verabredung nicht einzuhalten -es würde seine Selbstachtung kränken, wenn irgendein anderer Mann das Geld für diesen Zweck aufbrächte, und obwohl er selber arm wäre, würde er seinen letzten Penny opfern, um die Hindernisse zu beseitigen, die uns voneinander trennten. Er ließ mich schwören, daß ich niemandem von meiner Verabredung mit Sir Charles erzählte, falls ich mit seinem Tod in Zusammenhang gebracht würde. Er machte mich vor Angst schweigen, aber ich hatte einen Verdacht. Ich kannte ihn. Hätte er aber zu mir gehalten, so hätte ich für ihn geschwiegen wie ein Grab.

Mrs. Stapleton-Vandeleur: Mein Mann hatte im Norden versagt. Er hatte die Schule in den Ruin geführt. Als wir in den Süden zogen, versprach er mir, auf irgendeinem Weg unseren Anspruch auf das Familienerbe durchzusetzen. Er zwang mich, mich als seine Schwester statt als seine Frau auszugeben, doch ich weigerte mich, ihm dabei zu helfen, Sir Charles eine Falle zu stellen. Seither traute er mir nicht mehr und wagte nicht, mich längere Zeit aus den Augen zu lassen. Aus diesem Grunde hatte er mich mit nach London genommen. Wir logierten im Mexborough Private Hotel in Craven Street, wo er mich in meinem Zimmer einsperrte. Da ich Sir Henry warnen wollte, aber die Entdeckung durch meinen Mann fürchtete, bediente ich mich der Methode, die Worte meiner Nachricht auszuschneiden und den Brief in verstellter Handschrift zu adressieren.

Zurück in Devonshire, versuchte ich abermals, Sir Henry zu warnen; ich wußte, daß er sich in mich verliebt hatte, versuchte

Gefühlen keine Taten folgen ließ, wie Dr. Watson persönlich beobachtet hat. Dieser Mann war es, der Sir Henry und Dr. Mortimer in London beschattet hatte, und die Warnung, die Sir Henry erhalten hatte, stammte von seiner Frau.

Daß ich dies wußte, lag daran, daß er sich insofern vergaß, als er Dr. Watson ein echtes Stück seiner Lebensgeschichte erzählte, als sie sich kennenlernten, und ich möchte behaupten, daß Stapleton es seither oft bereut hat. Er war einmal Schuldirektor in Nordengland gewesen. Nun ist niemand leichter aufzuspüren als ein Schuldirektor. Es gibt Schulbehörden, bei denen man jeden Mann identifizieren kann, der einmal in dem Beruf tätig war. Eine kleine Ermittlung zeigte mir, daß eine Schule unter üblen Umständen in Mißkredit gekommen war und daß der Mann, dem sie gehört hatte - sein Name lautete anders -, mit seiner Frau verschwunden war. Die Beschreibungen paßten. Als ich erfuhr, daß der Vermißte ein begeisterter Entomologe war, war die Identifizierung komplett.

Im Britischen Museum erfuhr ich, daß der Name Vandeleur zu einem bestimmten Falter gehört, den er in seiner Zeit in Yorkshire als erster beschrieben hat.

Dr. Watsons Unterredung mit Mrs. Laura Lyons warf ein Licht auf ihre eigene Lage. Ich wußte nichts von ihrer geplanten Scheidung; da sie Stapleton als unverheirateten Mann wähnte, rechnete sie ohne Zweifel damit, danach seine Frau zu werden. Als sie über die Täuschung aufgeklärt wurde, erfuhren wir eine Menge über die Machenschaften dieses Mannes.

Mrs. Laura Lyons: Mr. Holmes suchte mich am Morgen des 19. Oktober auf. Bei dieser Gelegenheit erfuhr ich, daß der sogenannte Mr. Stapleton mit der Dame verheiratet war, die sich als seine Schwester ausgab. Ich gebe zu, daß mich die Neuigkeit sehr schockierte, und ich konnte sie kaum glauben, aber Mr. Holmes bewies mir die Sache mit einem in New York aufgenommenen Photo des Paares, das sich Vandeleur nannte, und mit Beschreibungen aus der Zeit, als sie die Privatschule von St. Oliver führten. Ich zweifelte nicht an ihrer Identität.

Der Mann hatte mir unter der Bedingung die Ehe angetragen, daß mein Gatte sich von mir scheiden lassen würde. Der Schurke hat mich auf jede erdenkliche Weise belogen. Er hat mir nie ein wahres Wort erzählt. Und warum - warum? Jetzt erkenne ich, daß

No. 6.

Metropolitan Police.

Special Report.

20. Oktober 1888

Abt.:

Aussagen des Inspektor G. Lestrade von Scotland Yard zu den Ereignissen um den Tod von Sir Charles Baskerville und die Anschläge auf das Leben seines Neffen, Sir Henry Baskerville.

Am Morgen des 19. Oktober wurde ich von Mr. Sherlock Holmes in einer dringenden Angelegenheit nach Devonshire gerufen, wo ich nachmittags eintraf. Wir bezogen sofort Posten vor dem Haus von Mr. Stapleton, wo ich im folgenden eine wichtige Rolle bei der Rettung des Lebens von Sir Henry Baskerville vor einem gräßlichen Mordanschlag des besagten Stapleton spielte. Alle Anzeichen weisen darauf hin, daß der Verbrecher sein Leben verlor, als er in den Grimpener Sumpf floh. Ich hatte die wichtigsten Tatsachen bereits von Mr. Holmes erfahren, darunter auch seine Mutmaßungen zum Tode von Sir Charles Baskerville im Mai diesen Jahres. Drei weitere Verhöre haben weitere Aspekte des Falles belegen können.

<u>Mr. Sherlock Holmes</u>: Ich hatte schon einige Zeit eigene Ermittlungen in Devonshire angestellt, bevor ich Dr. Watson und Sir Henry Baskerville von meiner Anwesenheit in Kenntnis setzte. Ich wußte bereits, daß Stapleton nicht der richtige Name des Mannes und die Dame, die als Miss Stapleton agierte, in Wirklichkeit seine Frau war. Er sah voraus, daß sie ihm in der Rolle einer ungebundenen Frau viel nützlicher werden könne, und er wußte, daß Sir Henrys Verliebtheit in sie niemandem schaden könne außer Sir Henry selbst. Er trug besondere Sorge, daß Sir Henry seinen

Es gab bei dem Fall eine Reihe von Handlungssträngen, die aufgeklärt werden mußten, aber das Beweismaterial war komplett und wir kannten den Mörder. Die letzten Dokumente habe ich für diesen versiegelten Teil aufgespart, so daß der Leser das bisher ausgebreitete Material selbst begutachten und Holmes' Methoden bei der Aufspürung des Verbrechers selbst nachvollziehen können. Dieser Teil enthält:

<u>Einen</u> Bericht der Städtischen Polizei mit Aussagen von Holmes und zwei Hauptzeugen.

<u>Ein</u> bislang unveröffentlichtes Telegramm an Holmes aus Yorkshire.

<u>Eine</u> Kaufquittung aus London.

<u>Einen</u> Eintrag aus Holmes' privater "Verbrechens-Kartei".

<u>Einige</u> Seiten aus meinem maschinengeschriebenen Tagebuch mit einer Zusammenfassung des Falles von Holmes.

<u>Eine</u> Seite aus meinem persönlichen Tagebuch.

J. H. W